寝返りを打つのも困難だったはずの俺の身体は、竜崎の激しい突き上げにそれは敏感に反応し、床の上で俺は身悶えまくった。 （本文より抜粋）

DARIA BUNKO

欲望の鎖に囚われて

愁堂れな

illustration ※如月弘鷹

CONTENTS

イラストレーション❋如月弘鷹

欲望の鎖に囚われて

1

もしかしたら俺は——ずっと、彼に抱かれたかったのかもしれない。

久々に高校のクラス会が開かれることになったのは、担任だった里村《さとむら》先生が今年母校を定年退職する、その祝いを兼ねて皆で集まろうという主旨らしかった。高校を問わず、今までクラス会の通知は押しなべて破り捨ててきたのだけれど、里村先生には殊更に世話になっていたこともあり、また珍しくも仕事の都合がつきもしたので、今回顔を出す気になった。

「あれ、吉井《よしい》？　吉井じゃないか？」

都合がついたといいながら、会場となった吉祥寺《きちじょうじ》の居酒屋に到着したのは、開始時刻から一時間ほど過ぎた午後八時だった。殆どの出席者は揃《そろ》っており、通された座敷は見覚えがあるようでないような同年代の男女で溢《あふ》れている。既に酔っ払っている彼らの中の一人が、俺を見つけて声をかけてきた。

「久しぶりだなあ。先生、先生、吉井がきましたよ」

「おお、吉井、元気にしてたか」

座の中央にいた里村先生が、俺に笑いかけてくる。世話になったといいながら、卒業してから俺は一度も先生の許を訪れたことがなかった。いつしか年賀状すら出さなくなってしまっていたことに罪悪感を覚えつつ、酔っ払ってだらしなく座る同級生たちをかき分けるようにして、先生の前へと進んだ。

「ご無沙汰《ぶさた》して申し訳ありません」

「はは、『ご無沙汰』してたのはお前だけじゃないよ」

久々に会う先生は随分年を取ったように見えた。七年も会わずにいたのだからそれも当然かもしれない。先生を取り巻くクラスメートも皆、それなりに年を取っている。早くも頭が薄くなりかけている者もいて、改めて七年という年月の長さを俺は実感していた。

「吉井は確か、警察官になったんだったな。今もそうなのか？」

「はい」

懐かしげに問いかけてきた先生に俺が頷《うなず》くと、周囲が軽くざわめいた。

「吉井、警察官だったのか」

「警察手帳、見せてくれよ」

皆、酒が入っているからだろう、高校時代はこうも親しげに声をかけてこなかった連中が、わっと俺を取り囲み、口々に手錠を見せろだの名刺をくれだの、勝手なことを言ってくる。

「悪いが名刺は配れない。手帳も見せびらかすようなものじゃない」

しらけるだろうなと思いつつ、きっぱりと断った俺の言葉に、予想どおり周囲はしん、と静まり返った。

「なんだよ、見せてくれたっていいだろう」

「もったいぶっちゃってさあ」

楽しく飲んでいたのに水を差すとは何事か、とばかりにブーイングが広がってゆく。高校時代の彼らの俺に対する反応はまさにこんな感じだったよな、と思わせる批難の声を、収めてくれたのは当時と同じく里村先生だった。

「まあ、本物の警察官というのはこういうもんだよ。どこでもホイホイ警察手帳を翳《かざ》すわけがない。みんな、テレビの観すぎじゃないのか?」

「ひどいなあ、先生」

「そこまで俺らも馬鹿じゃないですよ」

座に笑いが戻ったのに、やれやれ、と内心肩を竦《すく》めつつ、俺はこっそりと先生に会釈《えしゃく》をして席を立った。場の中心にいれば話も振られよう。先生に挨拶《あいさつ》もしたことだし、できるだけ目立たぬように部屋の隅で空腹を満たし、そのうち消えることとしようと思いながらも俺の目は、自分でも気づかぬうちにぐるりと室内を見渡していた。

自分が誰の姿を求めているのか、当然ながら自覚はあったが、同時にまた『彼』がこの場にいるわけがないということもわかっていた。

俺すら知らない彼の連絡先を、他の誰が知り得ただろう。連絡先がわからなければ通知を出すこともできない。知らされもしないのにクラス会に現れるのは不可能である。

いないとわかっているのに、室内を見回さずにはおられない己《おのれ》の愚かさに自嘲《じちょう》しそうになっていた俺の目は、女性たちばかりのテーブルの中央に座る男の姿を捉《とら》えた。

「……あ……」

いた——この場にいるはずがないと思っていた『彼』の姿に俺の足は思わず止まり、唇から驚きの声が漏れる。と、そのとき『彼』を取り囲む女性たちの間でどっと笑いが起こった。

「いやだ、竜崎《りゅうざき》君。そんな、心にもないこと言って」

「もう、ここで営業しようっていうんじゃないのぉ？」

まさに『嬌声《きょうせい》』というに相応《ふさわ》しい声を上げている女性たちの顔に、高校時代の面影を見出すのは難しかった。二十五歳ともなれば皆、顔には化粧を施しているし、何より同窓会ということでそれなりに着飾っている。もともと女子生徒とは殆どといっていいほど交流がなかったために、一人として名が思い浮かばない彼女たちに囲まれて笑っていたのは、確かに『彼』だった。

そんな馬鹿な——呆然《ぼうぜん》と立ち尽くしていた俺に気づいたのか、ふと『彼』の視線が注がれる。

「やあ、吉井」

「………」

あたかも昨日別れたばかりのような――この七年という歳月をまるで感じさせない軽い挨拶に、俺の頭にカッと血が上った。

「元気だったか？」

ちょっとごめん、と『彼』が女性たちに笑顔を振りまきながら立ち上がり、真っ直ぐに俺へと向かってくる。

「忘れたか、竜崎だよ」

「忘れるわけないだろう！」

にこやかに話しかけてきた彼に――竜崎尚哉《なおや》に、答える俺の声は、ざわめいていた室内がしん、と静まり返るほどに荒かった。

「おい、どうした」

「喧嘩《けんか》なんかはじめんじゃねえぞ」

かつてクラスを仕切っていた連中が、争いごとなら任せておけとばかりに立ち上がろうとするのを、俺は「なんでもない」と制しようとしたのだが、そのとき不意に俺の視界は上質な背広の背中によって遮られた。

「悪い。ちょっと酔っ払った。風に当たってくる」

「…………」

俺の前に立ち塞《ふさ》がったのは竜崎だった。

「なんだ、しっかりしろよ」

「竜崎君、大丈夫?」

彼の言葉にまた場は和《なご》み、座に笑いが戻ってくる。相変わらずさすがだな、と心の中で感心していた俺の背に、竜崎の腕が回った。

「吉井、付き合ってくれ」

囁《ささや》かれた息が耳朶《じだ》にかかり、ぞわ、とした刺激が背筋を這《は》い上るのを感じる。口調も顔も少しも酔っているようには見えないだけに、一体どういうつもりなのかと眉を顰《しか》めた俺の背を強引に促し、竜崎が座敷を出ようとした。

「まさかこのまま帰る気じゃないでしょうね」

「いやよ、一緒に二次会行くんだから」

先ほどまで彼を取り巻いていた女性たちが一斉に黄色い声を上げる中、「戻るよ」と笑いながらも竜崎は「そうだ」と内ポケットから財布を取り出し、一万円札を二枚テーブルに置いた。

「忘れないうちに払っておく。僕と吉井の分だ」

スマートな仕草というのはまさにこういう動作をいうのだろうと感心する俺はまた、ちらと覗《のぞ》いた彼の札入れが分厚く膨《ふく》らんでいることにも感心していた。

「あ、そしたら釣りを……」

　幹事が慌てて立とうとするのに「あとで取りにくるよ」と竜崎は笑うと、行こう、と俺の背を再び促し、座敷の外へと出た。

「河岸《かし》を変えよう。腹は？　空いてないか？」

　皆には『戻る』と言っておきながら、そのつもりはまったくなかったらしい竜崎が、俺の背に腕を回したまま真っ直ぐに店の出口へと向かってゆく。

「馴染《なじ》みのバーがある。といっても行くのは一年ぶりくらいだから、もう店がなくなってるかもしれないが」

　それじゃあ馴染みの店とはいわないか、と笑う彼に俺は、

「竜崎」

　と名を呼びかけた。

「吉井、久しぶりだな」

　竜崎がにっと笑って俺の背を叩く。

「久しぶりってお前なあ」

　胸に燻《くすぶ》る憤《いきどお》りから、再び声を荒らげかけた俺を見て、竜崎がまたにっと笑い、近く顔を寄せてくる。

「積もる話がしたいんだ。そのバーでいいな？」

「…………」

積もる話——聞かせてもらおうじゃないか、と無言で頷く俺を見て、竜崎が目を細めるようにして微笑《ほほえ》んだ。

眩《まぶ》しいものを見るようなその顔に、七年前の高校時代の彼の顔が重なって見える。

この七年、一体どこで何をしていたのか、それをきっちり説明して欲しいものだと思う俺の胸には今、憤りとはまた別の熱い思いが溢れていた。

「乾杯」

竜崎が俺を連れていった店は、サンロードを通り抜け、青梅《おうめ》街道を渡った先の路地裏にあるショットバーだった。まだ早い時間のせいか、客は俺たち二人しかいない。

カウンターしかない小さな店で竜崎はバーボンを、俺はビールを注文し、それぞれの品が来たあとグラスを合わせたのだが、こうして改めて彼と並んで座ってみると、憤りよりもなんだか『信じられない』という言葉しか俺の頭には浮かんでこなかった。

「元気だったか?」

相変わらず竜崎は、七年の歳月を飛び越え俺に笑顔を向けてくる。彼にとっては七年ぶりに俺と会うことが『信じられない』ことではないのかと思うと、それもなんだか不思議な気がして、俺はまじまじと隣でグラスを傾ける竜崎の顔を見やってしまった。

相変わらず端整《たんせい》な顔だった。先ほども大勢の女性たちに囲まれていたが、高校時代も彼は学年随一といわれるほど女子に人気があった。

きりりとした眉、切れ長の瞳《ひとみ》、すっと通った鼻筋、厚すぎず薄すぎない形のいい唇と、美形というに相応しい彼の顔は、七年の歳月を経て更に男臭さが増し、ますます魅惑的な美男子となっていた。

きっちりと後ろになでつけられた髪といい、仕立てのよさそうなスーツといい、いわゆるエグゼクティブ――一流会社に勤務するサラリーマンか何かかと思っていた俺の目の前で、竜崎がその端整な顔を歪《ゆが》めるようにして苦笑する。

「……穴の開くほど見つめられるというのはこういう気分なんだろうな」

「……あ……」

確かに食い入るように見つめてしまっていた、と俺は目を伏せ「悪かったな」と非礼を詫《わ》びた。

「謝ることじゃない。それだけ懐かしがってくれていると思うと嬉しいよ」

そう言い、微笑んだ竜崎の口許から真っ白な歯が覗く。

まるで歯磨きのコマーシャルにでも出てきそうな白い歯の輝きだ、とまたもじいっと彼の顔に見入ってしまっていた俺は、竜崎に苦笑されてはっと我に返った。

「悪い」

「いや、かまわない。ところで吉井、今、警察官なんだって?」

俺の謝罪を軽く流した竜崎にいきなり話を振られたことに戸惑《とまど》いつつ、俺は「ああ」と頷きすっかり気が抜けてしまったビールを呷《あお》った。

「いつからだ? 大学卒業後か?」

「ああ、そうだ」

「どこの署なんだ?」

「新宿署だ。先月赴任したばかりだが」

「へえ」

問われるままに答えていた俺は、ここで竜崎が驚いた声を上げたのに違和感を覚え「なに?」と問い返した。

「いや」

竜崎の目が微笑みに細められ、続いて「何課?」と問いかけられる。

「刑事部四課」

「四課というとマル暴だな」

さも世の常識とばかりに頷く竜崎に、なぜそんなに詳しいのだと問いかけようとしたのだが、またも竜崎は俺の先回りをした。

「新宿署の管轄《かんかつ》内に俺の勤め先があるんだ。四課の刑事さんたちとは交流がないけれどね」

「勤め先って？」

『四課の刑事さんたちとは』交流がないということは、他部署とはかかわりがあるという意味だろう。一般の企業で警察と関係が深い会社などあるのだろうか、と首を傾《かし》げた俺に、

「ああ、まだ名刺を渡していなかったな」

竜崎はそれは優雅な仕草で内ポケットから名刺入れを取り出すと、一枚を俺へと差し出してきた。

「……え？」

黒地に銀、という名刺の形態にまず驚き、続いて記された名前に驚いた。

『竜崎　映《はゆる》』

名前が違う、と気づいたと同時に社名——否《いな》、店名が目に飛び込んできて、更に俺の驚きは増す。

『オンリー・ユー』

それは歌舞伎町《かぶきちょう》にある、有名なホストクラブの名だった。ということは、と俺は半ば茫然《ぼうぜん》としてしまいながら、隣に座る竜崎の顔を見た。

「そんな顔するなよ。職業に貴賤《きせん》はないだろう？」

竜崎が苦笑したのに、俺は慌ててフォローに回った。

「そういうつもりはない。単に驚いたんだ。お前がホストになるとは意外だったから」

だが実際俺の頭に浮かんだのは、『どうしてホストなんかに』という言葉だった。確か彼は浪人もせず東京大学に進学していたはずだった。そのあと風の噂《うわさ》でアメリカに留学したと聞いた覚えがある。

ホストという職業を差別するつもりはないものの、てっきりエリートコースまっしぐらの人生を歩んでいると思っていただけにそんな言葉が浮かんでしまったのだが、竜崎がまるで俺の心を読んだかのように、

「意外、ね」

と苦笑したのに、俺は慌てて言葉を足した。

「意外だろう？　高校のときはお前、相当の堅物《かたぶつ》だったじゃないか」

思いつくままに述べた言葉ではあったが、高校時代の竜崎は相当もてたにもかかわらず、結局一人も彼女を作らなかったのは事実だった。

『申し訳ないけれど』

俺が知るだけで、竜崎に告白した女子生徒は軽く二十人を超えていたが、彼は全ての女子にこう頭を下げていた。

中には他の男子生徒の間でアイドルと呼ばれていたような可愛い子もいたというのに、まっ

たく勿体《もったい》ないことだ、ともてない男子学生たちは羨望《せんぼう》の眼差しを向けていたものだ。

女嫌いなのかと誰かに問われた彼が、「別に嫌いなわけじゃなく、今は興味がないだけだ」と答えたという噂は、あっという間に全校生徒の間に広まった。

そういう硬派なところがいいと、ますます彼の人気は高まったのだったが、その『硬派』な彼が今ホストをしているなど、意外というより他に言いようがないだろう、という俺のフォローは、今度は竜崎に素直に聞き入れてもらえたようだ。

「まあ、それを言われたらそうだな。皆も驚いていた」

肩を竦めたあとグラスの酒を一気に呷り、苦笑じゃない笑顔を俺へと向けてきた。

「驚くだろう。それにお前のその姿を見て、ホストと見抜く女はそういないと思うが」

彼の笑顔に誘われ、俺の口も滑らかになる。

「ホストは茶髪に紫のスーツ、なんてステロタイプな考え持ってるんじゃないだろうな」

「もう少し柔軟性はあるつもりだが、今日のお前の第一印象はエリートサラリーマンだった」

「里村先生の勇退祝いに、さすがに店に出るような格好で来るのはどうかと思ったんだ。しかしまさか、サラリーマン、しかもエリートと見間違うとはね。警察官とは思えない観察眼のなさだ」

「悪かったな。どうせ俺は出来が悪い刑事だよ」

ぽんぽんと軽快な会話が続いてゆく。七年前、俺たちはちょうどこんな感じでふざけあっていたのだったという思いがふと、俺の頭に浮かんだ。

『吉井、俺でよかったらなんでも話してくれないか？』

クラス内で孤立していた俺に、竜崎が声をかけてくれた、それが俺たちの友情の始まりだった。竜崎にとっては大勢の友人の一人だったかもしれないが、あの頃俺には竜崎以外、友人と呼べるような人間は誰一人としていなかった。

そのせいだろうか、俺は竜崎を親友だと思い込んでしまっていた。物理的にも時間的にも誰より竜崎の近くで彼と共に過ごしていたのは俺だったが、だからといって竜崎もまた、俺を『親友』だと思っていたかはわからない。

そんな当たり前のことに気づいたのは、高校卒業後、互いの付き合いが途絶えてしまったあとだったのだけれど――楽しく笑っていたはずの俺の胸に、ほろ苦い想いが込み上げてきていた。

高校卒業後、家族間で色々あるわ、入った大学での環境の変化にはついていけないわと、日々の生活に慣れるのがやっとだった。なんとか人並みに日常生活を送れるようになり、そういえば竜崎は元気だろうかと思ったときには、既に彼は外国に留学してしまったあとで、その後ぷつりと彼の消息は絶えてしまった。

俺も連絡をしなかったから人のことは言えないが、留学することくらいは教えてくれればよかったのに、と思わないではいられなかった。家族に連絡先を聞いてみようかとも思ったが、どうしても連絡したいことがあるでもなし、そこまですることはないか、と二の足を踏んでいるうちに年月は流れ、いつしか俺は竜崎を忘れた。

否、正確には忘れようと努力し、長い年月をかけて彼の存在を頭の中から追い出した、というのが正しい。

行く先も教えず姿を消したのは、竜崎にとっての俺の存在がその程度だったということだ。積極的に付き合いを継続したい相手ではなく、この先二度と会えなくてもまあいいかと思っていたんだろう。彼を『親友』だと思っていたのは俺ばかりで、竜崎にとって俺は友人ですらなかったのだと思い知らされたショックから俺が立ち直るのには、二、三年かかったのではないかと思う。

「どうした、ぼんやりして」

ぽん、と肩を叩かれたのに、俺ははっと我に返った。いつの間にか一人思考の世界に入り込んでしまっていたようだ。

「ああ、いや……」

なんでもない、と首を横に振りながら俺は、にっこりと目を細めて微笑みかけてきた竜崎の顔から目を逸《そ》らせなくなっていた。

優しげな微笑は、七年前俺に向けてくれた笑みと寸分違わぬものである。どん底まで落ち込んでいた俺の気持ちをどれだけ癒《いや》してくれたかわからないその笑みを目の前に、俺の胸の中に今更のように、彼への憤りが湧き起こる。

『七年前、どうして、何も言わずに俺の前から姿を消したんだ』

問《と》い質《ただ》したい――だが今、それを聞いて一体どうしようというのだ、という思いもあったし、竜崎の答えを聞くのが怖くもあった。

『どうしてお前に行き先を知らせなきゃならないんだ』

不思議そうにそう尋ね返されでもしたら、また俺は当分、心の傷を抱えなければならなくなる。

「なんでもない」

七年も経ってから再び、竜崎にとっては俺など取るに足らない存在だったと思い知らされるのは真っ平だ、と思いながら首を横に振った俺の顔を、竜崎がじっと覗き込んでくる。

「……なんだ?」

あまりにもまじまじと見られ、落ち着かない気持ちのままに問い返すと、竜崎は暫くの間、尚も俺の顔をじっと見つめたあと、おもむろに口を開いた。

「実は、お前に頼みたいことがあるんだ」

「……え?」

にこ、と竜崎がまた、七年前と同じ笑みを浮かべ、俺の目を覗き込む。

「お前を友と見込んで、頼みがあるんだよ」

さも当然のように俺を『友』と呼んだ竜崎を、俺は言葉もなくただ見つめ返すことしかできないでいた。

2

翌日午後八時、俺は竜崎との約束に従い新宿は歌舞伎町にある彼の勤め先、ホストクラブ『オンリー・ユー』を訪れようとしていた。

結局あのショットバーで、俺と竜崎は一時間ほど酒を酌《く》み交《か》わしたあと別れたのだが、会話の内容は殆ど彼が『友と見込んで頼みがある』と言いだしたその依頼についてだった。

竜崎の客の中にヤクザの情婦がいたのだが、彼女にとって竜崎との付き合いが『ホスト遊び』の範疇《はんちゅう》を越えてしまった――早い話が、竜崎に本気になってしまったというのである。

『俺としては勿論、そのつもりはなかったさ。ホストと客という以上に踏み込んだ付き合いをする気はなかったんだが』

竜崎はそう言っていたが、その女性にかなりの金品を貢《みつ》がせていたことも同時に告白しているだけに、実際のところ彼が何を考えていたかはわからない。

貢がせた額が半端《はんぱ》ではなくなったため、ついに二人の関係が組長にバレてしまった。若い愛人に相当入れ込んでいた組長の怒りは凄《すさ》まじく、落とし前をつけろと配下の者をホストクラブに送り込んできたというのである。

『どうだろう、吉井。お前に彼らとの仲裁役を頼めないだろうか』

このままでは、指の一、二本、下手をすれば命まで危《あや》ういのだ、と泣きつかれては捨て置くこともできず、俺は渋々竜崎の頼みを引き受けたのだった。

それにしても、と歌舞伎町を突っ切りながら俺は、さっきから何度となく込み上げてくる溜め息を、奥歯を嚙み締めて飲み下していた。

竜崎の頼みがまさかこのようなこととは思いもしなかった。彼はもう俺の知る竜崎ではないのかもしれない。高校時代の彼はそれは真面目《まじめ》で硬派な男だったが、今の彼は少なくとも『硬派』とは言いがたかった。

まあ、七年もの歳月が流れているのだ。結局昨夜は七年間の空白を埋めるような話にはまったくならなかったため、俺は未《いま》だに竜崎がこの七年というもの、どういう生活をしていたかをまるで知らないままだった。

ホストになった理由も知らない。結局大学は卒業したのか、それすらも俺は確かめなかった。聞こうと思えば聞けたのかもしれないが、話題が少しもそちらへと流れていかなかったのは多分、竜崎がそのように会話をリードしていたからだと思われる。

話したくないということだったのか、単に俺が気を回しすぎたのかはわからない。同時にまた彼は、俺がどういう七年を過ごしてきたのかと聞くこともなく、そのことが俺を少し落ち込ませていた。

『お前を友と見込んで頼みがあるんだ』

あんなことを言っていたが、彼にとって俺は『友』などではなかったのだろう。そのことは既に七年前、竜崎が何も告げることなく俺の前から姿を消したときに思い知らされているというのに、まだ落ち込む余地があったとはと苦笑する俺の脳裏《のうり》に、にこやかに微笑む竜崎の端整な顔が浮かんでくる。

優しげに目を細めて微笑む笑い方は高校時代から少しも変わってないように見えるのに、中身はどれだけ変わってしまっているというのだろう。ぼんやりそんなことを考えながら道を急ぐ間、いつしか俺は高校時代へと思いを飛ばしてしまっていた。

高校二年のとき、俺の姉が死んだ。一浪して二度目の入試がそろそろ始まろうとしていた矢先の出来事だった。

近親者のみの密葬ですませたのは、姉の死因が公表できるようなものではなかったためだ。姉は覚醒剤の摂取量を誤り、ショック死してしまったのだった。

姉が覚醒剤に手を出したのは、予備校の同級生に『眠くならない薬がある』とそそのかされたからしかった。

最初覚醒剤だという自覚はなかったらしいが、気づいたときにはもう、薬なしではいられない身体になっていた。覚醒剤には身体的な中毒症状はないが、薬が切れると精神的に物凄《すご》く落ち込むということで、その喪失感《そうしつ》に耐えられずまた薬に手が伸びるという毎日だったらしい。

まだ一緒に暮らしてでもいれば、様子がおかしいのに気づいただろうが、東京の予備校に通うために姉は一人でアパート暮らしをしていた。次第に薬の量が増えると金銭的に苦しくなってきた姉は、ヤクザの売人《ばいにん》にそそのかされ風俗で働くようになっていた。

それらのことを俺たちは姉が亡くなるまでまったく知らなかったのだった。気が散るから東京には来ないでくれという姉の言葉を真に受け様子を見に行かなかった母親は、自分を責めるあまりにノイローゼ状態となった。

父親もまた、母の看護と、人の口に戸は立てられぬのたとえどおり、姉の死因が次第に広まり勤め先にまで知られてしまったことで相当追い詰められたのか、そのうちに家に戻らなくなった。

ごく平凡だと思っていた自分の家庭があっという間に崩壊して行くのを、俺はなす術もなく見ていることしかできなかったが、父を追い詰めた世間の白い目は俺にも注がれるようになり、学校で俺は孤立した存在になっていった。

もともと俺は、そう人付き合いが好きなほうではなかったので、一人でいることは特に辛《つら》いとも思わなかった。幸いなことにそれなりの進学校に通っていたため、子供っぽい苛《いじ》めを受けることもなかった。

誹謗《ひぼう》や中傷も耳に入らなければ気になることもなかった。家庭内が荒れまくっていたので、そちらのほうに気を取られていたのだが、そんなとき、竜崎が俺に「大丈夫か」と声をかけてくれたのだった。

竜崎は当時、学校中の注目を集めているような存在だった。全国模試で常に上位にランクインするほど頭脳は明晰《めいせき》で、所属していた剣道部では県大会は勿論、全国大会にも出場したことがあるほどに運動能力も高かった。その上ハンサムでスタイルがいいとくれば、全校の女子の人気を浚《さら》うのもわかるが、人柄のよさから彼は男子生徒にも人気があった。

明るく元気がよく、そして優しい上にしっかりしたポリシーを持っている。生徒は勿論、先生たちにも頼りにされるような存在だった竜崎はそのとき、クラス委員をしていた。

クラスの皆も、担任も、竜崎が俺と親しくしようとするのをあまり歓迎しない――というよりは、できればやめてもらいたいものだと思っている様子だった。

俺もまた、最初のうちは竜崎が何かと声をかけてくるのを、鬱陶《うっとう》しいなと思っていた。彼はクラス委員としての責任感から、孤立している俺を気にしているのだろう。余計なお世話だ、と思っていたためなのだが、いくら邪険《じゃけん》にしてもめげずに笑顔を向けてくる竜崎に次第に俺も打ち解けていき、気づけば『友人』としかいえないような関係になっていた。

彼に誘われて剣道部にも入ったために、一日の殆どの時間を俺は竜崎と共有していた。そのうちに休日も一緒に遊ぶようになり、三百六十五日、彼の顔を見ない日はないというほどに、俺にとって彼は近しい存在になっていった。

家には憂鬱《ゆううつ》の種しかなかったので、竜崎に誘ってもらうのは嬉しかった。そのうちに受験シーズンになると、俺は竜崎の家に泊まり込んで一緒に勉強するようになった。朝から晩まで竜崎と一緒にいるのは楽しかった。竜崎の父親は既に亡くなっており、母一人子一人の家庭だったのだが、彼の美人の母親は優しく、常に笑顔で俺を迎え入れてくれた。泣き叫ぶばかりの自分の母親とのギャップにやるせなさは覚えたものの、竜崎の家で過ごす心地よい時間は俺にとって救いとなっていた。

だが父に続き俺までも家をあけがちになると、母の精神はますます危うい状態になった。それでも俺の受験が終わる頃まではなんとか持ちこたえてくれていたのだが、進学が決まった途端一気に症状が悪化し、俺は可能なかぎりの時間を母と過ごさざるを得なくなった。

竜崎には母親の具合が悪いと伝えていたが、精神を病んでいるということまでは打ち明けることができなかった。そうこうしているうちに俺たちは高校を卒業し、竜崎は東京転勤が決まったという母親と共に、進学のため東京へと旅立っていった。

大学に入学した頃がピークだった母の病状も、半年ほどするとようやく落ち着いてきた。その頃のことは殆ど記憶に残っていない。辛すぎる経験は自動的に記憶から削除されるものなのかもしれない。憂鬱な毎日が延々と続くことに、俺までもがノイローゼになりかけていた時期には一日を過ごすのがやっとで、誰かと連絡を取ろうという気にはまったくなれなかった。

秋口になり、ようやく生活にも気持ちにも余裕ができたとき、竜崎の顔が真っ先に浮かんだ。元気にしているだろうかと思いつつ携帯に電話を入れたが、『おかけになった番号は現在使われておりません』というアナウンスが流れ、愕然《がくぜん》としてしまったのだった。

あの頃、噂どおり彼は留学していたのだろうか。それから七年、一体どういう経路を辿《たど》ってホストに落ち着いたというのだろう。

ヤクザの情婦に貢がせ、落とし前をつけろと脅《おど》される——ホストという職業以上に、俺にとっての竜崎は、そんな世間の人間が眉を顰めるようなこととは無縁の男だった。

しかし——。

考えながら歩いているうちに、目の前に『オンリー・ユー』の大きな看板が現れる。

角地のビルの地下にあるこの店は、今や歌舞伎町では一、二を争う人気店だった。

ホストたちの顔写真は建物の外には飾られておらず、地下へと降りる階段にずらりと並んでいる。店に近づくにつれ順位も上がるようで、入り口のすぐ横には竜崎のパネルが飾られていた。

男相手に使う言葉ではないのかもしれないが、たいそう艶《あで》やかな笑顔だった。昨日の彼はとてもホストには見えなかったが、写真に写っている彼はホスト以外の何者にも見えない。

これが今の彼の顔というわけか、と思った俺の口から、我知らず溜め息が漏れた。人は変わる。容貌も環境も中身も。わかりきったことであるのに、なぜに俺はこうもショックを覚えているのだろう。

　変わってほしくなかったということか――まあ、そういうことなんだろうな、と一人頷き、左手を持ち上げ腕時計を見やった。竜崎との約束の時間は午後八時。五分ほど早いがいいだろうとドアを開く。

　カランカランというカウベルの音が店内に響き渡ったが、誰も声を上げる人間はいなかった。だが店の中が無人でないことは空気でわかった。

　入り口から暫くの間は細い通路が続き、中の様子は見えない。通路を通り抜け視界が開けたとき、俺の目に広い店内の中央、七、八名のチンピラに取り囲まれた竜崎の姿が飛び込んできた。

「やあ」

　それまでとても友好的に話をしていた雰囲気ではなさそうだったのに、俺に気づいた竜崎が立ち上がり笑顔を向けた。

「おい、竜崎さん、ちょっと待ちな」

　と、そのとき竜崎の前に立っていた男がいきなり彼の肩を摑《つか》み、再び客用のソファに座らせた。

　その男だけは『チンピラ』というには上質のスーツを着込んでいた。とはいえ、ちらと俺を振り返った目つきは悪く、真っ当な職業についている人間にはとても見えない。

　多分、この中では一番上の役職にいるのだろうと思いつつ、俺はゆっくりと彼らへと近づいていった。

「なんだ、てめえ」

「何か用かよ」

　チンピラたちがいっせいにいきり立ち、俺を取り囲もうとする。昨夜竜崎は、脅されている相手は黒曜会《こくよう》というヤクザだと言っていたが、その場にいる連中の中に一人として知った顔はいなかった。

　一応ここに来る前に、黒曜会についての知識は頭に入れてきた。菱沼《ひしぬま》組系の二次団体で、暴力団の規模としては中堅どころである。どうも最近、新たな資金源を見つけたらしく、えらく景気がいいそうだと先輩刑事の佐藤《さとう》が教えてくれたが、その資金源が何というところまでは追求できていないとのことだった。

　まだ配属されて間もないためと、俺の管轄が新大久保だったため、歌舞伎町を根城とするヤクザたちには馴染みがない。どうするかな、と思いつつも俺は内ポケットに手を入れ、警察手帳を取り出し彼らに示した。

「新宿署の吉井だ」

「新宿署?」

手帳を見てチンピラたちは一瞬怯《ひる》んだものの、すぐに先ほどの倍くらいの勢いで俺に食ってかかってきた。

「誰も呼んじゃいないぜ」

「おまわりが一体なんの用だよ?」

口角から唾《つば》を飛ばして喚《わめ》く彼らの後ろでは、格上と思われるあの男が様子を窺《うかが》っている。話をつけるべき相手は彼だなと俺はチンピラたちをかき分け、男へと向かおうとした。

「おい、無視してんじゃねえぞ」

チンピラの一人が俺の襟首を摑もうとした、その手を逆に捉えて締め上げる。

「いてて……」

もともと体格はそういいほうではないが、運動神経には自信があった。柔道は警察に入ってから本格的に始めたというのに、署内で俺に勝つのは三段以上の者ばかりである。

「話をしにきただけだ。邪魔しないでくれ」

摑んだ腕を勢いよく放すと、チンピラがよろけ前につんのめりそうになった。

「てめえ、やる気か」

チンピラたちが余計いきり立ってしまったのを前に、彼らを大人しくさせるのには、もう一人くらい脅しをかけなければ駄目か、と一歩を踏み出したそのとき、

「よせ」

チンピラたちの向こう、座って様子を見ていた格上の男が立ち上がり、場を制した。

「若頭《わかがしら》」

チンピラたちがはっとした顔になり、男へと向き直って深く頭を下げる。なるほど、若頭だったのか——若頭というのは、組長に次ぐ役職である。それにしては随分若そうに見える、と俺は、カツカツと靴音を鳴らし歩み寄ってくる男の顔を見つめていた。

「話というのは、俺にかな?」

俺のすぐ前、三十センチも離れていない場所まで近づいてきた男が、凄みのある笑いを頬《ほお》に浮かべながら俺を見下ろしてくる。

「そうだ」

「新宿署と言ったな。もう一度、手帳を見せてくれないか」

言われて俺は再び内ポケットから手帳を取り出し、写真の部分を開いてみせた。

「吉井弘海《ひろみ》巡査部長。知らないな。配属されて間もないのか?」

男が俺の手から手帳をひょいと取り上げる。この俺が隙《すき》をつかれるとは、と内心少し動揺しながらも、面には出さないよう気をつけつつ、俺は男の問いに答えた。

「配属一ヶ月だ」

「一ヶ月というと、田中《たなか》さんの後任か」

なるほど、と笑いながら男が俺に手帳を返して寄越す。

「どうも」

　確かに俺は、田中という警部補の後任で新宿署に配属になったのだった。署内の事情に相当通じているなと感心してしまったが、それもまた男の策略だろうということも同時に察していた。

「随分詳しいんだな」

「それほどでも。新宿署の皆さんには日頃お世話になってるものでね」

「一ヶ月も前に異動してきた俺を知らないあたり、あまり情報通とはいえないけれどね」

　臆《おく》してなどいないということを示すために敢《あ》えて挑発するようなことを言うと、男は一瞬憮《ぶ》然《ぜん》とした顔になったが、すぐ相好《そうごう》を崩した。

「これは綺麗な顔に似合わぬじゃじゃ馬ぶりだ」

　ははは、と笑う彼もまた『綺麗な顔』やら『じゃじゃ馬』やらで俺を挑発しようとしているようだ。だが女顔をからかわれることが多い俺には、その程度の揶揄《やゆ》で頭に血が上ることはなかった。

「俺も情報通ではないので、黒曜会の若頭の名を知らない。自己紹介してもらえないか」

「これは失礼した。北川《きたがわ》だ。これからよろしく頼みますよ、吉井さん」

　物腰は柔らかで、握手のために右手を差し出す仕草はスマートですらあったが、身のこなしのひとつひとつに隙がない。笑顔を浮かべたその顔は俳優のように整っているのだが、獰猛《どうもう》さを感じさせる目つきの鋭さは、カタギの人間のものではなかった。

「よろしく……といっても、俺の管轄は新大久保だ。今後そう会うこともないと思うよ」

出された手を無視して軽く頭を下げた俺に、

「手厳しいね」

北川は肩を竦めてその手を引っ込めたが、そう気を悪くした様子はなかった。

「で、その管轄の違う刑事さんが、一体今日はなんのご用で？」

笑みを浮かべたまま、歌うような口調で北川は俺に問いかけてきたのだが、俺の答えを聞いた途端彼の顔から笑いが消えた。

「今日の話し合いの立会人を頼まれた。そこにいる竜崎にね」

「被害届を出したということか？」

肩越しに竜崎を振り返り、ドスのきいた声を出す。一気に場の空気に緊迫感が流れたのに、さすがはナンバーツーだな、と感心しつつも俺は、慌てた様子で首を横に振っている竜崎の代わりに事情を説明してやることにした。

「被害届を出したわけじゃない。俺たちは高校の同級生でね。仲裁を頼まれただけだ」

「へえ、同級生ね」

北川が俺と竜崎をかわるがわるに見やるのに、竜崎がそのとおりだというように今度は首を縦に振った。

「どうだろう。ここはひとつ、俺の顔を立てて穏便に済ませてはもらえないだろうか。俺も同級生の身の危険を捨て置くことはできないものでね」

話を長引かせる気はなかった俺は、ここで一気に勝負に出ることにした。勝算は勿論ある。ヤクザも馬鹿ではないゆえ、警察が介入した上で暴力行為を続ければ、逮捕者が出ることはわかっているはずだった。ここで俺の申し出を断り、竜崎の指でも詰めようものなら、その指示を出したとして若頭の北川までもが傷害示唆で逮捕されるのは、彼らにも軽く予測がつくことである。

それがわかっているから竜崎は俺を担《かつ》ぎ出したのだろう。ちらと見やった彼の顔は薄笑いを浮かべていた。なぜかその顔を見たとき俺の胸はちくりと痛んだのだが、自分でも理由はよくわからなかった。

「……顔を立ててね」

北川がまた、大仰《おおぎょう》な動作で肩を竦めてみせる。

「ああ。竜崎も今後は二度と金村美由紀《かなむらみゆき》さんに近づかないと約束するそうだ。プライベートは勿論、客として来店した場合も入店を拒否すると。今まで貢がれた……失礼、プレゼントされた品々は、返せというのならすべて返却する。彼女が店で使った金も求められるのであれば返すと。誓約書を交わせというのなら俺が立会人になる。もうそれで勘弁してもらえないだろうか」

俺が言ったことはすべて、昨夜のうちに竜崎と打ち合わせていた内容だった。車や時計、それに洋服と、もらったプレゼントの額は軽く八桁《けた》を超え、彼女が店に支払った金もまた八桁近いのだが、今の竜崎にはそれらを支払って余りある金があるのだそうだ。

今後もホストを続けていけば、金などすぐ貯まる。だが、指がなくなったり顔に傷がついたりすれば即、廃業しなければならなくなる。それを回避できるのならいくらでも出す、というのが竜崎の言い分だったのだが、彼の話を聞くにつれ俺は、人は変われば変わるものだと心の中で落胆していた。

「まあ、女が店に来ることはないだろうよ。組長がさんざん脅かしたからな」

北川は暫く考えていたあとそう言い、また大仰に肩を竦めてみせた。

「金の返却については追求するのをやめておこう。実際の額を聞けば、収まりかけた組長の機嫌がまた悪くなるに違いない」

「……ということは、先ほどの条件を呑んでもらえるということか？」

案外あっさりと引いたな、と俺は肩透かしを食らった気になりながら、にっと笑った北川が出してきた右手を、今度はぎゅっと握り締めた。

「ああ。美人の刑事さんに免じて、今回のところは引くとしよう」

北川が俺の手をぎゅっと握り返してくる。

「感謝する」

「そのかわり、組長の手前一筆もらうよ。あんたがさっき言ってた、『二度と女には近づかない』という念書に、立会人として署名してくれ」

「わかった」

当然ながら、その種の書類に署名を残すのは好ましいことではない。もしもその書類が明るみに出れば、俺は暴力団との癒着《ゆちゃく》を理由に罷免《ひめん》されることだろう。

わかっていながら俺が自ら『署名する』といったのは、そのくらいしないと黒曜会も引くに引けないだろうと思ったからだった。今後面倒なことになる可能性はゼロではなく、それどころかこの署名をネタに早速黒曜会が俺を脅しにくるかもしれないという恐れすらあったが、そのときはそのときだ、と俺は腹を括《くく》り、竜崎が横からおずおずと差し出してきた念書に『立会人　吉井弘海』と署名した。

「ありがとよ」

北川は俺が渡した念書を一瞥《いちべつ》したあと、丁寧に折りたたんで内ポケットに入れた。

「それじゃ、邪魔したな」

北川がそう言い、背後に直立不動の姿勢で立ち尽くしていたチンピラたちをぐるりと見渡す。行くぞ、という合図だったらしく、中の一人が先導よろしくフロアを駆け抜けていった。

カランカランとカウベルの音が響き渡ったところをみると、どうもドアを開けたらしい。

「竜崎、二度目はないからな。覚悟しておけよ」

去り際に脅して行くという決まりでもあるのだろうか、ヤクザたちは常に捨て台詞《ぜりふ》を残すものだが、北川もまた例外ではなかった。凄みのある目で竜崎を睨《にら》みながらそう告げた彼に、竜崎が無言で深く頭を下げる。

「それじゃあ、またな。吉井さん」

北川は俺にも脅しをかけるのを忘れなかった。ウインクをして寄越す余裕を見せつけてくる彼に何か言ってやろうかとも思ったが、絡《から》まれるのも面倒なので俺も無言で小さく頷くだけに留めた。

北川を先頭にヤクザたちがぞろぞろと店を出てゆく。なんとか場は収まったということだろうと息を吐いた俺の横では、竜崎がやれやれといわんばかりの大きな溜め息をついた。

「本当に助かった。恩に着るよ。ありがとう」

カランカランとカウベルの音が鳴り響き、ヤクザたちが店内から完全に立ち去ったことがわかったあと、竜崎は改めて俺に深く頭を下げて寄越した。

「案外退《ひ》き際がよかったな」

揉《も》めることも覚悟していただけに、やけにあっけなかったと言う俺に、

「やつらも何か後ろ暗いことを抱えているんだろう。警察に恩を売ったほうがいいという判断だったんじゃないかな」

竜崎は楽観的なコメントを言い、俺ににっと笑ってみせた。

「ともあれ、本当に助かった。是非礼をさせてくれ。これから飲みに行かないか?」

余程ほっとしたのか、竜崎が声を弾ませながら俺の肩を抱いてくる。

「これからってお前、店は?」

「もともと今夜は休むつもりだった。お前はまさかこのあと仕事とは言わないよな?」

晴れやかに微笑む竜崎の顔が俺のすぐ近くにある。思わず見惚《みと》れてしまいそうになっていた俺は、竜崎に問いかけられはっと我に返った。

「ああ、もう帰るだけだ」

頷く俺の頬に、カッと血が上ってくる。頬の紅潮を悟られたくなくて、俺はすっと身体を引き、竜崎の腕を逃れた。

「それなら行こう。隠れ家的な和食屋が花園《はなぞの》神社の傍にある。雰囲気もいいが味もいい。そこにしよう」

ありがたいことに竜崎の目には、俺の行動が不審には映らなかったらしい。笑顔のままそう言うと先に立って歩き出し、俺は彼のあとに続いて店を出た。

徒歩にして十分ほどのところにあるその和食屋は、確かに『隠れ家』というに相応しい店で、この小さな看板では一見の客はここが料理屋であることを知らずに通り過ぎてしまうに違いなかった。

古い日本家屋を店舗に改造したらしい、確かに雰囲気のいい店だ。酒を飲むのは居酒屋、食事はもっぱらコンビニの弁当という俺が滅多に足を踏み入れないような洒落《しゃれ》た、そして高級な佇まいの店だった。

竜崎はこの店では相当の上客、そして常連らしい。この店は知る人ぞ知るという店とのことで、予約は数週間前にトライしても取れないことがあるそうなのだが、竜崎はここへの道すがら電話を入れただけなのに、どうやってこしらえたのか個室が用意されるという厚遇ぶりだった。

また竜崎は注文もしなかった。彼の好みはすでに精通しているとばかりに、次々と料理の皿が運ばれてくる。

酒だけ何にするかと女将《おかみ》が聞きにきたのに、竜崎は俺に「何を飲む？」と尋ね、俺がなんでもいいと答えると、それなら日本酒にしよう、と俺の知らない――相当高級だと思われる銘柄を指定した。

「本当に助かった。ありがとう」

酒が進むにつれ竜崎は、もう何度目だろうというほどに俺に頭を下げ、「助かった」と繰り返した。

「たいしたことじゃない」

俺もまた何度も同じ答えを返し、勧められるままに酒を呷った。

刑事としてここは彼に『これに懲《こ》りたら二度と無茶はするな』などの訓示を垂れるべきだろうとは思ったが、上から見下しているように取られるのは嫌だという思いから、口にすることはできなかった。

刑事とホスト——職業に貴賤はないから、どちらが立場が上ということはないのだが、今夜に限っては竜崎に対し、俺は圧倒的に優位に立っていた。

だからこそ竜崎は何度も俺に礼を言い頭を下げているのだが、彼に頭を下げられるたびに俺は軽い苛立ちを覚え、それでつい酒が進んでしまったというわけだった。

多分俺は無意識のうちに、竜崎との関係をイーブンに保ちたいと思っていたのだろう。上下関係も、損得勘定も何もない、高校時代のような関係でいたかったのではないかと思う。

そもそも竜崎が俺を刑事と知り、ヤクザとの仲裁役を頼んできたことが、損得勘定の結果であるというのに、気づいていながら俺はまだ、夢を追ってしまっていたらしい。

『お前を友と見込んで頼みがある』

彼のあの言葉は決して口先だけのものではなく、欠片《かけら》ほどでもいいから真実を語ったものであってほしいと——。

「……井？　吉井？」

目の前で手を振られたのに、俺ははっと我に返った。

「大丈夫か？」

飲みすぎたか、と竜崎が心配そうに俺の顔を覗き込んでくるのに、俺は随分長いこと一人思索に耽《ふけ》っていたらしいと察した。

「大丈夫だ。まだそう酔っちゃいない」

もともと酒には強いほうだったので笑顔で答えはしたものの、実のところは相当酔っ払ってしまっていた。

「腹は？」

「もう充分」

今度の答えに嘘はなかった。酒を飲むとあまり食が進まなくなる。お造り、焼き物、煮物、それに揚げ物と一通り食していたこともあり、実際俺は満腹だった。

「それなら場所を変えよう」

「え？」

にっこり笑い立ち上がった竜崎を、俺は阿呆《あほう》のように口を開け見上げてしまった。

「まだ話し足りないからさ。都合が悪いんだったら引き止めはしないが」

「……いや……」

ここで帰るべきだろう、という己の声が頭の中で響いている。ちらと見やった腕時計の針は既に十一時を回っていた。明日も早い。それにこれ以上竜崎と過ごすことは、俺にとってなんのプラスにもならない。

下手をしたら今回のことで味を占めた竜崎に、また厄介《やっかい》ごとの仲裁を頼まれるかもしれないし——かつての『友情』を餌に利用されるのは真っ平だ、と確かに思ったはずであるのに、なぜか俺の首は横へは振られなかった。

「行こう」

竜崎が俺の背を促し、部屋の外へと出る。金を払おうとすると竜崎は「もう済ませた」と笑い、いつの間に、と俺を驚かせた。

店を出たあと竜崎は、よかったら自分のマンションに来ないかと誘い、またも俺の驚愕《きょうがく》を誘った。

「お前のマンション？」

「ああ、バーでもいいが、俺の部屋のほうがゆっくり話ができるかと思って」

ここから歩いてすぐだし、バー並みに酒はそろえてある、と誘われたとき、またも俺の頭に、やはり帰るべきだろうという考えが浮かんだ。

確たる理由があったわけではなく、なんとなく嫌な予感がしたのだった。『刑事の勘』などとよく言うが、俺はどちらかというと勘のいいほうで、ヤバそうだ、と思ったときには百パーセント事態はマズいほうへと傾いてゆく。

今回もヤバそうだ、という信号が頭の中で点滅していたのだが、「やっぱり帰る」という言葉が俺の口から発せられることはなかった。

自己分析などするまでもなく、単に俺は竜崎と別れがたく思っていた。彼がどういうところに住んでいるのかにも興味があった。それゆえ俺は竜崎に促されるがまま、新宿御苑近くの高層マンションまでついていったのだった。

「凄いな」

ナンバーワンホストの住居となれば、さぞゴージャスな部屋だろうとは予測していたものの、実際通された最上階の部屋の豪華さに、俺は目を見張ってしまった。

「適当に座ってくれ」

四十畳はあろうかと思われるリビングは壁面全部が窓で、新宿の夜景が見渡せる。ぐるりと室内を見回すと、『酒はバー並みに揃えてある』という彼の言葉どおりのバーカウンターがあり、俺でも高級と名を知っているウイスキーがずらりと並んでいた。

「座っていてくれと言ったろう?」

俺がぽかんと口を開け周囲を見渡していた間に、竜崎は氷とグラス、それに酒を用意してくれたようで、それらを載せた盆を手に俺の傍らへと戻ってきた。

「ヘネシーでいいか?」

「ああ」

「水割り？　ロック？」

「ロックで」

ソファに腰を下ろし、酒のグラスを渡される。

「どうも」

「改めて乾杯しよう」

俺の隣に腰掛けた竜崎もグラスを取り上げ、チン、と俺のグラスに合わせてきた。

「再会を祝して」

「……乾杯」

ナンバーワンホストになるのも心から納得できる、輝くばかりの美しい笑みに見惚れ、答える俺の声が一瞬遅れる。

「やっぱり酔っ払ってるのか」

竜崎が苦笑し「水を飲むか」と問いかけてきたのに「いらない」と首を横に振る俺の頬には血が上ってきてしまっていた。

「ここからの眺めは好きなんだ。新宿を一望の下に見下ろせる」

竜崎が独り言のようにそう言い、グラスの酒を一気に呷る。

「新宿は手中に収めたということか？」

ついそんな嫌味を言ってしまったのは、彼の見下ろす新宿の街には、ここと比べ物にならないほどに質素な俺のアパートがあるためだった。

「まだ手中に収めたというところまではいってない。そうありたいと思うけれどね」

ははは、と竜崎が笑い、俺に手を差し伸べてくる。

「入れよう」

「ああ、悪いな」

いつの間にか俺のグラスが空になっていたことに気づいたのは竜崎が先だった。昔から彼は目端《めはし》が利いていたのだったと思うと同時に、慣れた手つきで酒を注ぐ彼に、やはり客商売のホストゆえか、という考えも浮かぶ。

不意にやるせなさが込み上げてきてしまったのは多分、俺が相当酔っ払っていたからだと思うのだが、そのやるせなさを振り払うように俺は竜崎に問いかけ始めた。

「しかし凄い部屋だな。買ったのか？」

「いや、賃貸だ」

「家賃は？　百万超？」

「ああ、まあね」

「さすがだな」

自分の問いかける声が痛々しいほどにはしゃいでいるのがわかる。もう竜崎は俺の知るかつての彼ではないのだと確認しようとしているかのような問いを重ねる自分の心理は、自分でもよくわからなかった。

「『さすが』ではないよ。一人暮らしにしては広いと思うかもしれないが、新人を住み込ませる必要もあったしね」

竜崎が苦笑するように笑い、肩を竦めて答える。

「新人って店の？」

「ああ、店から頼まれるのさ。一人前になるまで面倒を見るんだ。今はちょっと断っているけれど」

「そうなんだ」

人の気配がないと思った、と頷いた俺に、竜崎はまた苦笑した。

「今度はどうせこんなことを聞くんだろう？『家賃は女に払ってもらっているのか？』」

「え？」

そのつもりはなかった俺が目を見開いた傍らで、竜崎がまた一気にグラスの酒を呷ったあと俺に笑いかけてきた。

「因《ちな》みに自分で払っているよ。ああ、それは他の客を部屋に入れるためなんて理由じゃないぜ。この部屋に客を入れたことは一度もない」

「別にそんなことは聞いちゃいないよ」

滔々《とうとう》とまくし立てる彼は見た目ではわからないが相当酔っているのだろうかと思いつつ、俺は口を挟んだ。

「そうか？　聞きたそうな顔をしていたと思ったけれど。昔とは随分変わったな、と確認でもしたいのかなってね」

「それは……」

竜崎は酔ってなどいなかった。恐ろしいほどの洞察力だ、と思わず言葉を失った俺の手から彼がグラスを取り上げ、ドバドバと酒を注ぐ。

「確かに変わったと自分でも思うよ。少なくともあの頃の俺は、ホストになろうなんてまるで考えちゃいなかった。大学出たあとは普通にサラリーマンになって、母親に楽させてやろうと思っていたよ」

「そういやおふくろさんは元気か？」

あの美人で気立てのいい彼の母は、息子がホストになったことをどう受け止めているのだろう。懐かしい彼女の笑顔を思い起こしながら尋ねた俺に、ほら、とばかりにグラスを差し出してきた竜崎の顔は笑っていた。

「死んだよ。七年前に」

「え？」

まさか、と言葉を失った俺の横では、竜崎が俺から目を逸らし、笑顔を浮かべたまま自分のグラスに酒を注ぎ始めていた。

「俺が大学に入った年にね。癌《がん》だった。病院にいったときにはもうステージⅣでね、何も手が施せなかった」

「そうだったのか……」

女手ひとつで家を切り盛りしていた竜崎の母親は、いわゆるキャリアウーマンだった。仕事も男並みにこなすが、決して家庭をおろそかにしない。自慢の母親だとかつて竜崎が胸を張っていたことを、俺はぼんやりと思い出していた。

「知らなかったとはいえ、申し訳なかった」

無神経なことを聞いてしまった、と頭を下げた俺の肩を、竜崎がぽん、と叩く。

「気にするな。もう七年も前のことだからな」

にっと微笑んだあと、グラスに口をつけた彼が、ぼそり、と小さく呟《つぶや》いた。

「あれから俺の転落人生は始まったのさ」

「……え…?」

思わず問い返してしまった俺の声を聞き、竜崎の横顔に動揺らしき色が一瞬走った。今の言葉は意図して呟いたものではなく、ついぽろりと零《こぼ》れてしまったものだったのだろう。

「自虐的すぎたな」

はは、と明るく笑ってみせてはいたが、彼の目が笑っていないことに俺は気づいていた。

「なあ、竜崎」

俺の中に突如《とつじょ》として『知りたい』という欲求が膨れ上がってくる。

七年間の空白を埋めたい――俺の知らない七年間、竜崎が一体どういう生活をしてきたのか、知りたくてたまらないという思いは、俺の顔や態度にこれでもかというほど出ていたのだろう。

「お前だって変わった……というか、大人になったな」

竜崎は俺の呼びかけに答えることなく、話題を俺へとスライドさせようと話しかけてきた。

「竜崎」

「ヤクザ相手に堂々と渡り合っていた。ああ、刑事なんだなあとしみじみ思ったよ」

「俺のことはいい。それより竜崎」

会話に乗るまいと更に名を呼ぶ俺を無視し、竜崎が話を続ける。

「やっぱりお前が刑事になったのはアレか？　お姉さんのことがあったからか？」

「お前っ」

ここで姉の話題が出るとは思わず絶句した俺に、竜崎がそれは優雅な笑顔を向けてくる。

「あの頃言ってたじゃないか。『ヤクザは嫌いだ。ぶっ潰《つぶ》したい』って。そんなお前がマル暴だなんて、できすぎな人生だなと思ったよ」

「……からかってるのか」

竜崎の思惑《おもわく》どおり、話題が俺へと流れてゆく。強引にその流れを作り出した竜崎は、とんでもない、というように大仰に首を横に振り、更に俺の怒りを煽《あお》った。

「あの頃のことはよく覚えている。お前がどれだけ傷ついたか、誰よりも近くでそれを見ていた俺が、お前をからかうわけないだろう?」

「わざとらしいんだよ」

俺を怒らせようとしているのも彼の策略なんだろうかと思わないでもなかったが、胸に芽生えた憤りの炎を消すことはどうにもできなかった。

「心外だ。俺は感心したんだよ。ヤクザ相手に冷静だったお前にさ」

「奴らに拳銃でも向ければ満足だったのか?」

「落ち着いてくれよ、吉井。お前を怒らせるつもりはなかった」

「嘘をつけ」

それが目的だったくせにと、俺はグラスをサイドテーブルに叩きつけるようにして置き、きっと竜崎を睨みつけた。

「未だにヤクザは大嫌いだ。できることならこの世から根こそぎ撲滅《ぼくめつ》したいよ。だがそれを行動に移すほど子供じゃない。マル暴だって別に配属を希望したわけじゃなく偶然だ。権力をカサに俺がヤクザに嫌がらせをするとでも思ってるのか」

「悪かった、言葉が過ぎた。俺もそういうつもりじゃなかった」

酒が入っていたのも悪かったのだと思う。それこそヤクザの北川の挑発は無視できたというのに、竜崎の軽いジャブにここまで本気で腹を立てては『子供じゃない』とはいえないだろう。

「じゃあどういうつもりだったと言うんだ？」

落ち着け、と頭の中では己の声が響いているのに、俺の言葉は止まらなかった。怒声を張り上げた俺は、だが、不意に竜崎に手を握られたことでぎょっとし息を呑んだ。

「おい？」

「俺はただ、お前が変わってないといいと思った。それだけなんだ」

竜崎が俺の手を握りながら、じっと俺の顔を覗き込んでくる。

「なんだと？」

どういう意味だ、と問い返しながら手を引こうとした、その手を竜崎は一段と強い力で握るとぐっと己のほうへと引っ張った。

「おいっ」

バランスを失い、彼の胸へと倒れ込んだ俺の背に、竜崎の熱い掌が回る。

「なんだって言うんだ」

まるで抱き締められているかのような姿勢に動揺しつつ顔を上げ、意図を問い質そうと開いた俺の唇を、竜崎の唇が塞いだ。

「………っ」

どういうことだ――？　突然のキスに見開いた俺の目の前に、焦点が合わないほどに近づいた竜崎の黒い瞳がある。
微笑に細められる瞳を前に俺はただ茫然と彼のキスを受け止めていた。

キスされている——と思った途端、頭の中が真っ白になった。どういう流れでこんな状況に陥《おちい》ってしまったのか、わけがわからないと首を横に振ろうとしたのに、背に回っていた竜崎の手が頬に添えられそれを制した。

「………っ」

同時に彼の舌が唇の間から入ってきて、俺の舌を求めて蠢《うごめ》き始める。ぞわ、という刺激が背筋を這い上ってゆくのに、びく、と身体が震えた、その震えに俺の意識は一瞬冷めた。

「おい、よせ…っ」

顔を背《そむ》け、なんとか唇を外して叫んだ俺の身体を、竜崎がソファへと押し倒す。

「おいっ…」

彼を押しやろうとした両手を捉え、頭の上で押さえ込むと竜崎は再び唇を合わせてきた。

「……竜崎っ……」

貪《むさぼ》るように唇を塞ぎながら、竜崎の右手が俺のタイを緩め、手早くシャツのボタンを外し始める。もう『わけがわからない』などとは言っていられない状況であるにもかかわらず、俺はただただ戸惑い、茫然と彼を見上げていた。

抵抗しようと思えば多分、できたのではないかと思う。頭の上で押さえ込まれた手は振り解《ふほど》こうとすればきっと簡単に振り解けただろう。両脚だって自由だったのだから、本気で嫌だと思えば膝《ひざ》で彼の腹を蹴り込むことができたはずだ。それをしなかったのは多分、俺が相当酔っ払っていたためと、そして――何が起こっているのか、最後まで確かめたいという思いが、胸に芽生えたからだった。

俺が本気で抵抗していないということは、すぐに竜崎にも知れたようだ。唇を合わせたままにっこりと目を細めて微笑むと、今度はスラックスのベルトに手をかけてきた。かちゃかちゃと音を立てて竜崎が俺のベルトを外し、ファスナーに手をかける。

ジジ、という音がやけに艶《なまめ》かしく響く、と思った次の瞬間、下着ごとスラックスをひき下ろされ、下肢が露《あら》わになった。

「……っ」

煌々《こうこう》とした灯りの中、下半身を裸に剝《む》かれるという事態にはさすがに俺も動揺し、今更の抵抗をし始めたが、竜崎は俺の上から退《の》こうとしなかった。彼の唇が俺の唇を外れ、前を開かれた裸の胸へと下りてゆく。胸の突起を吸われたのに、びくっと俺の身体は震え、ますます俺を動揺させていった。

「あっ……」

もう片方の手で別の胸の突起を弄《いじ》りながら、唇で、舌で、ときに軽く歯を立てて俺の胸を愛撫する。ぞわぞわとした刺激が肌の内から湧き起こり全身に広がってゆく間に、俺の抵抗しようという気持ちはすっかり萎《な》えてしまっていた。

「あっ……やっ………」

性的に俺は随分淡白だと思っていた。セックスに快感を覚えはするが、決まったパートナーがいない今、発散させねばならないほどに性欲が溜まることはない。

それなのに今、胸を舐《ねぶ》られ、乳首を指先で摘《つま》まれる愛撫に、俺の身体には今まで得たことのない快楽の波が押し寄せてきていた。

噛み締めた奥歯の間から堪《たま》らず声が漏れるほど感じている。痛いくらいに乳首を引っ張られたとき、俺の身体はびくっと震え、背筋から脳髄へと稲妻のような刺激が駆け抜けていった。

「やっ……あっ……あぁっ……」

丹念という言葉では足りないほどに、竜崎の愛撫は丁寧、かつ巧みだった。ちらと見下ろした先、彼の指の間で俺の乳首はすっかり紅《あか》く色づき勃《た》ち上がってしまっている。きゅ、きゅ、と捻《ひね》られる刺激と、ざらりとした舌で舐られ、強く吸われる感覚に、彼の下で俺はあたかも押し寄せる快楽の波に乗ろうとするかのように、身悶《みもだ》え、身体を捩《よじ》ってしまっていた。

「あっ……」

頭と下肢に、血が上ったり下がったりしている。頬は燃えるように熱かったが、俺のそこにもまた熱が籠《こも》り、どくどくと脈打ち始めていた。胸を攻められるだけで勃起するとはと驚きを感じる冷静な自分が、込み上げる快楽に身を捩る自分を高いところから見下ろしている。そんな錯覚に俺は瞬時陥ってしまっていた。

竜崎の片手が俺の下肢へと滑り、勃っていたそれを軽く握り締める。先端の一番敏感な部分を親指と人差し指の腹で擦り上げてくるのにまた俺の身体はびくっと震え、彼の手の中でそれはますます熱さと硬さを増した。

「あっ……はぁっ……あっ……」

昼から零れる声は、まるで女の喘《あえ》ぎのようだった。この悩ましい声が俺の声か、と驚きを感じる余裕はそのときの俺にはなく、それどころか己の嬌声に快楽を煽られる始末で、ますます漏れる声のトーンは上がっていった。

「やっ……もうっ……あっ……」

くちゅくちゅと濡れた音が響いてくるのは、既に俺の雄が勃ちきり、先走りの液を零している結果だった。達してしまいそうになるのを無意識のうちに堪《こら》えていたのはどうやら、享受する快感を長引かせたかったかららしい。我知らず腰を引き、射精を堪えていた俺の胸に顔を埋めていた竜崎が身体を下へと移動させてゆく。唾液に濡れた乳首が外気に触れる、その刺激だけでも達しそうなほど昂《たか》まっていたそれへと竜崎は顔を近づけると、ゆっくりと口を開き先端から順番に口内へと納めていった。

「あぁっ…」

咥《くわ》えられただけで俺はいきそうになってしまったのだが、そのとき竜崎の手がぎゅっと根元を握ってくれたおかげで堪えることができた。そうして俺の射精を阻んでおきながら、竜崎の唇が先端から竿へと下りてゆき、すっぽりと俺を完全に口の中へと納めてしまった。

「……んふ…っ…」

力の入った唇が、ゆっくりと俺の竿を上る。ざらりとした舌が先端に絡みつき、硬くした舌先が鈴口を割ってくるのに、彼の手の中で俺の雄はびくびくと震え、先走りの液が竿を伝って滴《したた》り落ちた。

それを音を立てて吸ったあと、竜崎の舌は裏筋を伝い、今度は唇が竿を上ってくる。舌が、唇が、何度も上下する口淫《こういん》に、俺はすっかり昂まりきっていたが、しっかりと根元を握られているために達することはなかった。

「もう……っ……あっ……もうっ………」

達せそうで達せない、まさに生殺しのような状態が延々と続くのに、俺の意識は朦朧《もうろう》としてしまっていた。既に羞恥《しゅうち》からは解放されていたようで、唇から漏れる言葉がやけに直接的になっている。

「いく…っ……いきたい………っ……あっ……」

自分が腰を揺らしている自覚は勿論なかった。もどかしいという思いが身体を支配し、今すぐにでも達したいという願いのまま、俺は自分の手を下肢へと伸ばし、竜崎から自身の雄を取り上げようとさえしてしまっていた。

竜崎は俺の手を軽く払いのけると、その指を後ろへと這わせてきた。竿を伝った先走りの液を掬《すく》った指先が、誰にも触れられたことのないそこをなぞったとき、あまりの違和感にそれまで快感に喘いでいた俺の意識は一気に冷めた。

「え……」

そのとき、つぷ、と指の先端が入ってきたのに、ますます俺の意識は冴《さ》え、得たこともない感覚に一瞬で身体が強張っていった。きゅっと自身のそこが締まり、竜崎の指を締め上げたことにまた戸惑いと驚きを感じていた俺を、顔を上げた竜崎がじっと見上げてくる。

「力を抜いてくれ」

「……そんな……」

なんでもないことを頼むかのような口調に、俺はますます戸惑い、言葉を失っていった。

「大丈夫だ。力を抜いて」

何をもって『大丈夫』なのかはわからないが、やけに自信たっぷりの口調で竜崎はそう言うと、再び俺の下肢に顔を埋め萎えかけた俺を口へと含んだ。

「あっ……」

舌先が先端に絡みつく、巧みな口淫に俺の身体からふっと力が抜ける。その隙を逃すまじとばかりに後ろに挿入された指がぐっと奥まで入ってきて、何かを探すかのようにゆっくりと蠢き始めた。

「や……っ……あっ…」

ぞわぞわとした何かが背筋を這い上ってゆく。当初悪寒《おかん》かと思われたそれは、やがて竜崎の指先が入り口近いところにあるコリッとしたものに触れたとき、新たな顔を持ち始めた。

「え……っ……？」

竜崎の口の中で、びくっと俺の雄が震えたのがわかった。竜崎が指でそこばかりをぐいぐいと圧《お》して行くのに合わせ、俺の雄もまたびくびくと震え、硬さを増していった。

「え……っ……あっ……あぁっ……あっ……」

前に、そして後ろに間断なく与えられる刺激に、俺の意識は再び快楽の淵へと投げ込まれ、唇からは高い嬌声が漏れ始め。身体中にびっしょりと汗が滲《にじ》むほどに全身が熱く、脳はもう蕩《とろ》けそうで何も考えることができない。

「やっ……やめっ……あっ…あっ…あっ」

いつしか俺の後ろを弄る竜崎の指は、二本、そして三本と増えていた。ぐちゃぐちゃと音を立ててかきまわす乱暴なほどの所作は俺に苦痛や違和感を与えることなく、どこかもどかしさを残した快楽へと俺を追い落としてゆく。

「あぁっ……」

　そのとき一気に彼の指が後ろから抜かれたのに、俺の後ろはまるで壊れてしまったかのようにひくひくと蠢き、俺に腰を捩らせた。体感したことのない身体の反応に戸惑いを覚え、俺の視線が宙を泳ぐ。

「……あ……」

　そのとき俺の視界に、ジジ、とスラックスのファスナーを下ろす竜崎の姿が飛び込んできた。ファスナーの間から取り出した立派な雄は既に勃ちきり、先端から先走りの液が滴り落ちている。

　太い――他人の勃起した雄など、当然のことながらそうそう見る機会があるものではないため、常人と比べてどうということはできないが、少なくとも俺のものと比べ、そのあまりの立派さに俺の目は自然と釘付けになっていった。

　俺の視線を追ったのだろう、竜崎が自身の雄を摑み、どうだ、というようにわざわざ俺に示してみせる。

　ごくん、と俺が唾を飲み込む音が響き渡ったのに、竜崎が少し照れたような顔で笑う。綺麗な瞳を細めて微笑むその顔はかつての彼そのものだ、と視線を彼の顔へと戻したとき、竜崎がゆっくりと俺へと屈み込み、だらしなく開いていた両脚を抱え上げた。

　身体を二つ折りにする要領で腰を上げさせられたところに、彼のその見事な雄があてがわれてきた。

男と寝たことはないが、一応知識は持っている。まさか、と思っているうちに先端がずぶりと後ろに挿入されたのに、俺は堪らず悲鳴を上げてしまっていた。

「待ってくれっ」

指などとは比べ物にならない質感に俺のそこは一気に強張り、竜崎の雄の侵入を妨げた。

「大丈夫だ。力を抜いて」

竜崎が囁くように言いながら、ゆっくりと腰を進めようとする。

「……無理だ……っ……そんな……っ」

そんな太いものが入るわけがない、と首を横に振った俺の顔を、竜崎はじっと見下ろしていたが、やがて彼は仕方がない、というように微笑むと、抱えていた俺の右足を離した。

「…………」

諦めてくれたのか——よかった、と安堵《あんど》の息を吐きかけた俺は、脚を離した彼の手が雄へと伸びてきたのにぎょっとし、顔を上げた。

「大丈夫だ。痛くはしないから」

俺の顔が怯えていたからか、竜崎が力強い口調で囁きながら、ゆっくりと俺の雄を扱《しご》き上げ始める。

「……でも……っ……あっ……」

直接的な刺激に、またも俺の強張りかけた身体からは力が抜け、息が乱れ始める。俺の様子を見ながら竜崎がゆっくりと腰を進める、そんな彼の姿を見上げる俺の胸には、なんともいえない思いが広がりつつあった。

「あっ……」

時間をかけてゆっくりと、竜崎が俺の中へと入ってくる。『痛くはしないから』の言葉どおり、違和感はあったが、痛みを感じることはなかった。カサの張った部分が内壁を擦ってゆく感覚は、気持ちが悪いようないいような、妙なものではあったが、苦痛かと問われたら、そうではない、と俺は答えたに違いなかった。

ようやく竜崎がすべてを納めきり二人の下肢がぴたりと重なったとき、俺の胸はなぜか熱く滾《たぎ》り、涙が込み上げてきてしまった。

悲しいわけでも悔しいわけでもない。怒りを覚えていたわけでも勿論ない。『なんともいえない』――その言葉しか浮かんでこない感情は、どこかやるせなく、そして懐かしいものだった。

「動くよ」

にこ、と竜崎が俺を見下ろし、目を細めて微笑みかけてくる。うっすらと汗の滲む顔を笑みに綻《ほころ》ばせている、その姿を見た俺の胸は更に熱く燃え、目尻を一筋の涙が伝っていった。

「………」

俺の涙に気づいたのか、竜崎は一瞬、少し驚いたように目を見開いたが、再び微笑むとゆっくりと腰を前後し始めた。彼の太い雄が抜き差しされるたびに、俺の背をぞわぞわとした不思議な感覚が這い上ってゆく。次第に律動のスピードが上がり、やがて互いの下肢がぶつかるときにパンパンと高い音が立つほどに勢いがついてくる頃には、その感覚は『不思議』なものではなく、しっかりと『快感』へと姿を変じ、俺の全身を駆け巡っていた。

「あっ……はぁっ……あっ……」

内臓を抉《えぐ》るような勢いで突き上げられるのに、ソファの上で俺の背は大きく仰《の》け反《ぞ》り、唇からは高い声が漏れていた。

「やっ……あっ……あぁっ……あっ」

ズンズンとリズミカルに腰を打ちつけてくる竜崎の動きが生む快楽が俺の肌を内側から焼き、またも脳が蕩けるような快感が俺の全身を支配する。

「あっ……もうっ……もうっ……」

喘ぎすぎて息苦しさすら覚えていた俺は、知らぬうちに激しく首を横に振っていたらしい。いきたい、達したいと身を捩りながらもその術を考える余裕のなかった俺に代わり、竜崎が二人の腹の間に手を差し入れると、自身の零した先走りの液でべたべたになってしまっていた俺の雄を握り一気に扱き上げた。

「あぁっ……」

その刺激に俺はついに達し、彼の手の中に白濁した液を飛ばしていた。

「……くっ……」

射精を受け、俺の後ろが自分でもどうしたのかと思うほどにくっと締まったのに竜崎も達し、俺の中に精を放った。

「……あぁ……」

竜崎が身体を起こしたと同時に、ずるりと萎えた彼の雄が抜かれる。ひくり、と俺の後ろが蠢いたのを見越したかのように、竜崎の指がそこへと入ってきたかと思うと、長い指先で彼は自身の放った精液をかきだし始めた。

「……やっ……」

収まりかけた快楽の焔《ほむら》が、ちろりと身体の芯で燃え立ったのがわかった。ひく、とまた俺の後ろは蠢き、竜崎の指を締め上げる。

「まだ、したい？」

にこ、と竜崎が微笑み、再び俺へと覆いかぶさってくる。

そのとき俺は首を縦に振ったのか横に振ったのか――思い出すことはできない。身を焼く快楽の焔に翻弄《ほんろう》され、ついには快感のあまり失神してしまった俺の記憶は曖昧《あいまい》で、自分が何を思っていたのかということすら、思い出すことはできなかった。

ピーピーという電子音が遠くから聞こえてくる。眩しい、と目を開いたとき、俺は自分がどこにいるのか素《す》でわからなかった。

一番に目に飛び込んできたのは、やたらと大きな窓だった。起き上がろうとして自分が裸で寝ていることに驚き、続いて自分が寝ていたベッドの大きさに驚いた。

ぐるりと周囲を見渡し、室内がやたらと広いことにも驚く。が、その頃には俺は、自分がいる場所をぼんやりと察していた。

上掛けを捲《まく》り上げ、ベッドを降りる。自分が真っ裸で寝ている理由もまた、俺はぼんやりと思い出していた。

全裸のままドアを開いたそこは、昨夜竜崎と酒を飲んだ広大なリビングルームだった。昨日座っていた――そして抱き合ったソファの背に、俺のスーツがきちんとプレスして掛けてあり、隣には新しいシャツとネクタイがあった。

「………」

倦怠《けんたい》感が残る身体は、昨夜の出来事が夢などではなかったと物語っている。だがそれでも俺は、自分が夢を見たのではないかと思わずにはいられなかった。

あれは誰がどう考えてもセックスだった。しかしなぜ竜崎と俺はセックスをしたのか、それがまったくわからない。

きっかけは一体なんだっただろう。竜崎は俺を誘ったか？　俺は行為に同意したか？　それとも抵抗したのか？　自身への問いだというのに、俺にはどれ一つとして答えられるものはなかった。

どんなに考えても、どうして彼に抱かれることになったのか、理由もきっかけもまったく思いつかない。本当に何がどうなっているんだ、と茫然としたまぐるりと部屋を見渡した俺の目は、リビングのテーブルに置かれた一枚の紙片の上で止まった。

近づき、手に取ってみてそれが、竜崎の置手紙であることに気づく。

『所用で出かける。鍵はポストにでも放り込んでおいてくれればいい。　竜崎』

「………」

テーブルの上にはこの部屋のものと思われる鍵が置かれていた。俺はその鍵と、そして手にした紙片をかわるがわるに見ながら、更にわけがわからない、と深く溜め息をついた。

いないとわかりつつも俺は家の中を竜崎の姿を求めて歩き回った。４ＬＤＫの部屋では隠れる場所もなく、彼が本当に『所用で』出かけたらしいことがわかったあと、俺はまたも途方に暮れて座り込みそうになった。

が、時間が俺に、いつまでも茫然としていることを許さなかった。ふと見上げた時計の針が七時半を指していることに気づいた俺は、そろそろ支度をしなければいけない時間じゃないかと慌てた。

シャワーを借り、服を身につけ外にでる。鍵はポストにでも返せということだったが、防犯上それは危険すぎるだろうと思い、俺はその鍵をスーツのポケットへと納めた。

直接返したほうがいい——それが警察官としての考えなのか、はたまた『直接返す』即《すなわ》ち再び彼と会いたいと思ったからなのか、それすらも俺は自分ではよくわからなかった。

『狐につままれたような』という言葉があるが、昨夜の出来事はまさに俺にとっては狐につままれたような出来事に他ならなかった。

「やあ、早いな」

出署すると、昨日俺に黒曜会の詳細を教えてくれた先輩刑事の佐藤が声をかけてきた。どうやら彼は宿直だったらしい。

「おはようございます」

「なんだよ、吉井。顔色悪いじゃないか」

佐藤は人懐っこい、陽気な男だった。そしてそれが初対面ではまず百パーセント相手に伝わらない。さすがマル暴、ともいうべき、いかつい恐ろしい顔をしているためなのだが、怖いのは顔だけで、これでもかというほど気配りのできる細やかな神経の持ち主なのだった。

今日も彼はその『気配り』から俺へと声をかけてきたのだが、できることなら今日ばかりは放っておいてもらいたかった。

「調子に乗って飲みすぎました」

「そりゃ珍しいこともあるもんだ」

がはは、と佐藤が笑い、俺の肩を叩く。

「ま、たまにはハメを外すのも大事だからな。お前は真面目でいけねえや」

「別に真面目じゃないですよ。自分を基準にしないでください」

俺と佐藤は年にして六つ違う。が、こういう軽口を叩けるのもまた、佐藤の人柄ゆえだった。

上下関係に厳しい警察内で、佐藤はまるで階級に頓着しない。目上の者にも言いたいことを言い、目下の者には広く門戸を開いている。実は東大出のキャリアで、将来を嘱望《しょくぼう》されていたとのことなのだが、いつまでも現場を離れたくないと本人が昇級試験を受けることを拒否、所轄のマル暴に居続けて八年、という経歴の持ち主だった。

強持《こわも》ての悪人面《あくにんづら》だが、決して悪い顔じゃない。ハンサムの範疇に入って余りあるほど整ってはいるのだけれど、そんなことを言おうものなら、

『俺に惚《ほ》れるなよ』

などとおかしな勘違いをしてみせる、根っからのお笑い人間である。

「人は誰でも自分が基準よ」

ふふん、と胸を張ってみせたあと、佐藤はまたまじまじと俺の顔を覗き込んできた。

「しかし、それにしても顔色悪いな。あまり無理すんなよ。具合悪いなら帰っていいぞ」

「大丈夫です。来たばっかりじゃないですか」

笑顔を向けはしたものの、正直あまり『大丈夫』という状態ではなかった。

飲みすぎで胃はむかついていたし、昨夜の行為の倦怠が身体のそこかしこに残っている。特に腰は酷《ひど》くだるく、後ろはまだ何かを納めているような違和感があった。

処女喪失の女子というのはこういう感じなんだろうか——我ながら馬鹿げたことを考えていると、自嘲した俺は、視線を感じ佐藤へと目をやった。

「美人の百面相は見応えがあるな」

「俺が美人なら佐藤さんは絶世のハンサムですよ」

多分佐藤は、その卓越した観察眼で、俺の様子がおかしいことを見抜いていたのだろう。なんとかそれを聞き出すきっかけを探っているようである。心遣いは有難いが、今回に限っては追及されたくはないのだと、俺はそっけなく言い捨て、パソコンのスイッチを入れた。

佐藤は敏感に俺の真意を察したらしく、「まったく嫌味だぜ」などと言いながら俺の傍を離れていった。好意から聞いてくれているのがわかるだけに申し訳ないなと思いながらも、注意が逸れたことにはほっとし、俺は立ち上がってゆくパソコンの画面を眺め始めたが、意識はまったく別のところにあった。

本当になぜ、竜崎は俺を抱いたのだろう。

そして俺はなぜ、彼に大人しく抱かれたのだろう。

『大丈夫だ』

優しげに微笑む竜崎の顔と共に、囁くような彼の声が俺の脳裏に蘇《よみがえ》る。

ぞく、と悪寒によく似た——だが決して悪寒ではない何かが背筋を這い上るのに、ぴく、とかすかに身体が震えてしまった。

まったくなんたることかと、自分の身体の反応に呆《あき》れる俺の頬にかあっと血が上ってくる。

めくるめく快楽の世界——ひとことでいうと昨夜はまさにそんな夜だった。得たこともない快感に身悶え、喘ぎまくっていた自分の声まで蘇りそうになってしまい、俺は慌てて首を横に振り浮かびかけた幻《まぼろし》をふるい落とした。

あれはやっぱり、セックスだったよな——同じ言葉が何度となく、俺の頭の中を巡っている。

本当になぜこんなことになってしまったのだろうと、一人大きく溜め息をついた俺の頭にふと新たな疑問が浮かんだ。

わからないと思うばかりでなぜ俺の中には、嫌悪感が芽生えてこないのだろう。

「…………」

理由はひとつしかない。多分俺は、嫌ではなかったのだ。

自ら導き出した結論に、俺は暫《しば》しその場で呆《ほう》けたように座り込んでしまっていた。

そんな馬鹿な、と口の中で呟いた俺の頭に、また、新たな考えが浮かぶ。

嫌悪感どころか、無意識のうちに俺は彼に抱かれることを望んでいたのではないか——?

「そんな馬鹿な」

動揺したあまり、俺は心で思うだけではなく、しっかりと言葉として発してしまっていたらしい。

「おい、どうした？」

それもかなり大きな声だったようで、結構離れたところにいた佐藤が、驚いて声をかけてきた。

「いや、なんでもありません」

笑って答えはしたものの、俺の頬はぴくぴくと不自然にひきつってしまっていた。

「変な顔して、どうしたよ」

佐藤がからかうふりをしながら、俺の顔をじっと覗き込んでくる。

変な顔は生まれつき――そんな決まり文句のジョークを口にすることができないほどに、己の思いに気持ちが揺さぶられてしまった俺は、ただ「なんでもない」と首を横に振ることしかできなかった。

ここまで動揺するということは、すなわち――またも自分で結論を導き出しそうになるのを気力でぶった切る。

あり得ない。あり得るはずがない。

頭の中でそう繰り返しながらも、俺の手は我知らぬうちにスーツのポケットへと向かっていた。指先がキーに触れたときにそれに気づき、慌ててポケットから手を引き抜く。

キーが触れた指先は、自分でも驚くくらいに熱かった。ぎゅっと掌の中に握り込み、拳をつくった俺の頭にひとつの言葉が浮かぶ。

確かめなければ――なぜ竜崎は俺を抱いたのか、彼の意図を確かめなければ、という思いが単に再び竜崎に会いたいという思いの裏返しに過ぎないのだということは、そのときの俺にはまるでわかっていなかった。

否――本当はわかっていながら、敢えてわからないように俺は自身の感情をセーブしていたのかもしれなかった。

4

やけに長い一日を終え、深夜零時を回る頃、俺は歌舞伎町のホストクラブ『オンリー・ユー』を訪れようとしていた。

表向きの用件は、部屋の鍵を返すことだった。表向きも何も本当のことじゃないか、と俺は自分で考えた言葉であるにもかかわらず、馬鹿馬鹿しい、と悪態をつき道を急いだ。

よく考えればこんな遅い時間まで待つことなく、彼の自宅を訪れればよかったのかもしれない。朝はいなかったが、深夜の出勤時間の前までには、家に戻っていた可能性はある。

そう思いながらも俺が彼のマンションに行くことを避けたのは、彼に抱かれた場所に再び足を踏み入れることに抵抗を覚えたからに他ならなかった。

なにゆえ抵抗を覚えるのか――再び同じ状況に陥ることを恐れていた、という自身の気持ちを俺はどうにも受け入れることができないでいた。

同じ状況になるのが嫌なら抵抗すればいい。柔道三段の同僚を時折倒すこともあるこの腕をもってすれば、たとえ竜崎が押し倒してこようが逆に投げ飛ばすことくらいはできそうである。

だが嫌でなければ――？　その先を考えることを恐れ、俺はマンションではなく彼の職場を訪ねようと決めたのだった。

店が近づくにつれ、俺の胸の鼓動は変に脈打ち始めた。緊張感が全身に漲《みなぎ》り、歩く速度が緩くなる。

鍵を返しに行くだけだというのに何を緊張しているんだ、と俺は自分の頬を両手で叩くと、しっかりしろ、と己に言い聞かせ、大通りを突っ切り『オンリー・ユー』を目指した。

この胸の高鳴りは一体なんなのだろう。歩きながら俺は自身の心に問いかけ、相変わらず普段よりも随分速く脈打っている心臓を服の上から押さえた。

俺はゲイではない。少なくとも今まで一度も、同性を性愛の対象として見たことはなかった。それなのにまるで今のこの状態は、恋愛でもしているようじゃないか、と戸惑う俺の頬にまた、じんわりと血が上ってくる。

馬鹿馬鹿しい。何が恋愛だ、と自身の頭に浮かんだ言葉にまた悪態をつきながら俺は歌舞伎町の街を足早に駆け抜けていった。

それでも店の看板が目に入ると、俺の足はやっぱり止まってしまった。まったく、と意のままにならない己の身体に舌打ちしたい気分になりつつも、気持ちを落ち着かせようと狭い路地に足を踏み入れる。

そこは『路地』というよりは建物と建物の間のごくごく狭い通路といった場所だった。まったく何をやってるんだか、と思いながら、人一人が通るのがやっとという道を数歩進む。ビルの切れ目がまた通路になっているその角へと差し掛かったとき、人の声が聞こえた気がしたのに、しまった、と俺は立ち止まり、そっと引き返そうとした。どう考えてもそこは私有地に違いなかったからだ。

「……で、今夜どこだって?」

だが聞こえてきた声にやけに聞き覚えがあるような気がして、立ち去りかけた俺の足はまたぴたりと止まった。

「晴海埠頭《はるみふとう》だ。第一総業倉庫前に午前三時」

別の男の声がしたが、この声にも聞き覚えがある。どうも男たちはちょうど四つ角になっている通路の右側にいるらしい。最初の男の声が耳に残っていた俺は、なんとか顔が確かめられないものかと、そろそろとまた声のするほうへと近づいていた。

「午前三時か。店を抜けるのは難しいものがあるな」

低く溜め息をついた男の声はもしや——どきり、と変に心臓が脈打ち、足が震えそうになる。

「難しいなら次の機会を狙えばいい」

「確かに」

ふふ、と笑いを交わす声はやはり聞き間違いではなく、確かに俺のよく知る人物のものではないかと思われた。

声の感じからして二人は、ビルを曲がってすぐの所で話している様子である。無用心に近づけば即、見つかってしまうだろう。

なんとなくヤバい、という勘が働き、俺はそろそろと引き返すと、その路地を見ることができるビルの陰に身を潜めた。多分あの路地への出入り口はここだろうとアタリをつけたのである。

俺の聞き間違いでなければ、声の主は俺のよく知る人物のものだった。相手の声にもやたらと聞き覚えがあるような気がするのだが、思い出すことができない。

ごく最近聞いた声だと思うのだが、と考えていた俺の目の先、見張っていた路地から、背の高い男が周囲を気にしながら出てきた。

「…………」

男は一人だった。思わず、あ、と上げそうになった声を慌てて奥歯を噛み締めて飲み込む。

路地から出てきたのはなんと、昨夜『オンリー・ユー』で俺が話をつけたヤクザ、黒曜会の北川だった。聞き覚えがあるどころか、昨日聞いたばかりじゃないか、と己の記憶力のなさに溜め息をつきかけた俺の頭に、「ということは」という言葉が浮かぶ。

会話をしていた相手が北川だというのなら、俺は聞き間違いをしたことになる。俺が予想した人物と北川が、あのように親しげな会話を交わすわけがないのだ。

しかし確かにあの声は——混乱するままにじっと路地を窺っていた俺の視界に、ゆったりとした歩調で通りに向かって歩いてくるスーツ姿の男が飛び込んでくる。

「……あ……」

今度こそ、俺は声を堪えることができなかった。しまった、と慌てて口を押さえ、路地のほうからは死角になるよう数歩後ずさる。

見間違いかもしれない——どうしても確かめたくて俺は、おそるおそるまた前へと進み、路地から出てきた男の顔を見た。

既に男は路地から出ており、ちょうど通りを右へと曲がったところだった。

見間違いなどするわけがない端整な横顔を目で追う俺の頭は更に混乱し、わけがわからない状況に溜め息が漏れる。

北川が出ていったあと、時間をおいて路地から出てきたのは、なんと——最初に俺が予測したとおり、竜崎だった。

ということは、路地裏であの会話を交わしていたのは、北川と竜崎ということになる。

どういうことなんだ——？

昨夜の今日でまた、北川が竜崎に脅しをかけにきたようにはとても見えなかった。何より二人は親密そうだったし、会話の内容も脅しではなかった。

『今夜どこだって？』

『晴海埠頭だ。第一総業倉庫前に午前三時』

尋ねていたほうが竜崎、答えていたのは北川だった。今晩午前三時、晴海埠頭で一体何があるというのだろう。

「………」

行ってみるか、と俺は一瞬にして心を決めた。竜崎は『店を抜けるのは難しい』というようなことを言っていたから姿を現さないかもしれないとは思ったが、彼が北川とこそこそ相談していた内容については、興味——という以上の、どうしても知りたいという欲求を抑えることができなかった。

午前三時、と口の中で呟く俺の胸にはそのとき、『ヤバそうだ』という思いが燻っていたのだが、身の危険を知らせる己の勘に敢えて俺は耳を塞ぎ、午前三時までいかにして時間を潰すかを考え始めた。

午前二時すぎまで歌舞伎町の居酒屋に居座ったあと、待ちきれなくなってしまった俺は時間には随分間があるとは思ったが、晴海埠頭を目指すことにした。

タクシーで埠頭近くまで行き、第一総業の倉庫へは徒歩で向かう。深夜二時半ともなると埠頭には人通りも車通りも殆どなく、一体ここで何が起こるのかと思いながら俺は、ようやくたどり着いた第一総業の倉庫の裏、積まれた木箱の陰に身を隠した。

そろそろコートを手放す季節ではあったが、深夜ともなると冷え込みは厳しかった。時間はたっぷりあったのだし、防寒対策くらいはするべきだったか、と思ったがもう後の祭りだった。そのままじっと身動きもせず待つこと十五分。北川の言った『午前三時』にあと十分足らずとなったとき、遠く車のエンジン音が響いてきた。

音からして二台、と思った俺の耳は正しかった。黒塗りのセダンが二台、倉庫の前に停まる。ナンバープレートが泥で塗りつぶされているあたり、怪しいな、と思っていた俺の目の前で、車の中からそれぞれ三名ずつ男が降りてきて、二名を残して周囲へと散っていった。

灯りが街灯——埠頭内でも果たしてそう呼ぶのかは謎だが——くらいしかないためと、かなり距離があるため、誰一人として顔ははっきりと見えなかったが、どうも真っ当な職業についている人間ではないらしい。

ヤクザだな、と思った俺の脳裏に北川の顔が浮かんだが、どうも彼は来ていないようだった。散っていった連中は見張り役らしかった。あまり身を乗り出すと彼らに見つかる危険がある、と俺は自分の背丈ほどもある木箱の後ろでじっと身を竦ませていた。

五分ほど経った頃、また車のエンジン音が遠くで響いた。倉庫の前に立つ男たちが顔を見合わせたのがシルエットでわかる。やがて前と同じような黒塗りの車が一台ゆっくりと近づいてきて停車し、中からぞろぞろと四名の男が降り立った。

後から来た男たちはどうも、ヤクザには見えなかった。サラリーマンのような男が三人、それに東洋人ではあるが日本人ではない様子の背の高い男が一人、アタッシュケースを提げている。

彼らはぼそぼそと何かを喋《しゃべ》っていたが、やがて東洋人がアタッシュケースを持ち上げ、皆の前で開いた。

「……っ」

はっきりとは見えなかったが、街灯の灯りが反射し白く光って見える。もしや覚醒剤か、と俺が目を凝らしている間に、先に来ていた男の一人が車へと向かい、アタッシュケースを抱えて戻ってきた。

彼もまたそのアタッシュケースを開き、後発の男たちに示してみせる。中にあるのは札束だ、とわかったと同時に俺は木箱の後ろから飛び出そうとした。

間違いなく覚醒剤取引だ。売買の現場を押さえれば現行犯逮捕ができる。一人で飛び出すのは危険だという考えが頭を過《よぎ》ったが、この場を逃せば売買が成立したあの覚醒剤が市場に出回ることになる。それだけは阻止したいという思いを俺は抑えることができなかった。

警察だ、と声を上げれば怯みもしよう。その隙をつけばいい、と俺が飛び出しかけたそのとき、いきなり背後から伸びてきた手が俺の口を覆った。

しまった、見張りに気づかれていたのか、と羽交《はが》い締《じ》めにしてきた男を振り返った俺は、驚愕のあまり大きな声を上げそうになった。

俺の身の自由を奪い、口を塞いでいたのは先ほどのヤクザなどではなく、俺のよく見知っている男だったのだ。

どうして——驚きのあまり抵抗を忘れていた俺の鳩尾《みぞおち》に男の拳《こぶし》が綺麗に入った。

「う……」

どうして——薄れゆく意識の中、俺の身体が崩れ落ちないように抱きとめる男の顔が視界に入る。

見間違いなどではなかった。気を失う直前に俺が見たのは、俺をこの場所へと導いた男、七年前は友と思っていた竜崎の端整な顔だった。

「ん……」

胃の辺りに鈍《にぶ》い痛みが走る。腕が変に曲がったところに体重がかかって痛い。まったくどうしたっていうんだ、とうっすらと目を開いた俺は、最初に飛び込んできた景色に驚き一気に覚醒した。

「…………」

見覚えがある部屋だった。寝転がされていたラグの洒落た模様は昨夜見たばかりのものである。

昨夜は夜景が一望できた広々とした窓はカーテンで閉ざされていたが、昨夜と風景が違うのはそのくらいのものだった。

「気づいたか」

遠いところから声が聞こえる。起き上がろうとしたとき俺は、自分の両手首が後ろでしっかりと縛られていることに改めて気づいた。

縛られているのは手だけではなく、膝と足首もロープできつく括られている。これでは起き上がるどころか、身体の向きを変えることだってできない、と首だけを回して声のしたほうを見ると、果たして竜崎が微笑みを浮かべたままゆっくりと俺へと近づいてくる姿が視界に飛び込んできた。

「手荒なことをしてすまない」

「おい、一体どういうことだ?」

この扱いが『手荒』だという自覚はあるわけだ、と俺は寝転がったまま竜崎に向かって怒声を張り上げた。

「俺こそ聞きたい。お前、どうやってあの取引の場所を割り出した?」

竜崎が俺の傍に膝をつき、顔を見下ろしてくる。穏やかな口調ではあったが、彼の目は厳しく俺を見据えていた。

「先に俺の質問に答えろ。いや、その前にこの縄を解いてもらおう」

ヤクザ相手にはったりをかますことが多い職場にいるため、たいがい俺の神経も太くなっていたが、竜崎の目はそんな俺ですら身が竦みそうになるほどに凄みがあった。怒声を張り上げたのは、声が震えそうになるのを誤魔化《ごまか》すためだったのは竜崎にはバレバレのようで、軽く肩を竦めてみせると、再び同じ問いを、凄みのある声で繰り返した。

「どういう経路であの取引を知った？　あの場にお前以外の警察関係者がいなかったのは一体どういう事情なんだ？　警察はどこまで調べている？」

「喋る気はない！　お前こそどうしてあの場にいたんだ？　覚醒剤取引をしていたのは黒曜会か？」

臆しては負けだと思っていた。頭のどこかで竜崎が俺の命を奪うような、そんな無茶はすまいと安堵している部分もあった。

俺の知る竜崎は七年前の彼であるという認識を持つことができなかったのは、俺の落ち度である。彼はもう七年前のあの好青年とは別人なのだと、もっと早くに俺は認識すべきだった。

「……なぜ、黒曜会だと思った？」

売り言葉に買い言葉とばかりに、吐き捨てた俺の言葉に、竜崎の眉がぴくりと上がった。

「…………」

手応えがあった、ということはあのヤクザはやはり黒曜会の連中だったということか、と問い質そうとした俺の胸倉を、竜崎の腕が摑む。

「おい、答えろよ。どうして黒曜会だと思ったんだ？」

「……よせ……っ」

シャツの襟が詰まり、息ができなくなった。彼の腕を振り解こうにも両手を後ろで縛られたままでは抵抗すらできない。

「答えろっ」

竜崎が俺の襟首を摑んだ手で俺の身体を床から背が浮くほどに持ち上げる。まったく息ができなくなり、苦しい、と首を横に振る俺に、俺を締め上げる手を緩めることなく竜崎は怒声を浴びせかけた。

「答えろ！」

殺されるかもしれない——初めて俺の胸に恐怖が芽生えた。息苦しさから意識が遠のきかけ、厳しい目で俺を見下ろす竜崎の黒い瞳が霞んでゆく。

と、そのとき不意に竜崎が俺の襟首を摑んでいた手を離した。どすん、と音が立つほどの勢いで身体が床へと放られ、背中で押された腕に痛みが走ったが、今はそれどころではなかった。

空気がいきなり気道に流れ込んできたのに、ゲホゲホと咳き込んでしまいながらも、助かった、と安堵の息を吐いた俺の胸倉にまた、竜崎の手が伸びてくる。

「答える気になったか？」

再びシャツの襟元を握り締めてくる竜崎を前に、俺の身体は今、はっきりと震え始めていた。首を横に振れば彼は、再び俺の首を締め上げるのだろう。俺が音《ね》を上げるまで彼は何度も同じことを繰り返すに違いない。

「……………」

甘かった――自分の認識の甘さをようやく察した俺は、竜崎の手が俺のシャツを握り直したのに、ぎょっとして彼を見やった。

「話せよ。どうしてあの場に居合わせたのか」

竜崎がにっこりと目を細めて微笑み、ぐっと襟元を締め上げてくる。

「……聞いた……話を……」

七年前と同じ笑みを浮かべたまま俺の首を締め上げる竜崎の姿に、俺は絶望してしまったのだと思う。

やはり彼は俺の知る彼ではない。七年のうちに考え方も感じ方も、彼の何もかもが変わってしまった、いわばまったくの別人に違いなかった。

「なに？」

俺の発した声に、それまで微笑んでいた竜崎の目が驚愕に見開かれ、襟元を摑んでいた腕が外れた。勢いよく床に背を叩きつけられ、痛みにうっと顔を顰めた俺は、不意に目の前に現れた竜崎の顔に「ひっ」と息を呑んだ。

「何を聞いたって？」

鬼のような顔という比喩《ひゆ》があるが、今の竜崎がまさにそんな表情をしていた。ぎらぎらと光る目からは凶暴さが迸《ほとばし》り、そのまま首でも絞めてきそうである。

これがあの竜崎なのか、という感慨に浸ることができぬほど、俺は恐怖の真っ只中にいた。

刑事などという職業についていれば、命の危険を感じることもないではない。

だが今ほど俺は、自分が殺されるかもしれないという恐怖に捕らわれたことはなかった。

「言えよ、吉井。お前は何を聞いたんだ？」

「……ろ、路地裏で……お前と北川が……」

「なんだと？」

わなわなと唇が震え、うまく喋ることができない。その上何を驚いたのか竜崎が大声を上げてきたのに、また俺は「ひっ」と悲鳴を上げ言葉を続けることができなくなった。

「路地というのはどこだ。歌舞伎町か？」

口を閉ざした俺を喋らせようと、竜崎が問いかける。

「そ、そうだ」

「何を聞いた？」

「……午前三時、晴海埠頭で……そのくらいだ」

「…………」

答えた俺を、竜崎が、すっと目を細めて見下ろしてくる。嘘をついていないか見極めようとしているのだろうと思った俺は、必死で言葉を繋《つな》いでいった。

「本当だ。午前三時に一体何があるのか、確かめたくて埠頭に行った」

「……他に何か聞いたか?」

竜崎の目がますます酷薄そうに細められる。

「それだけだ。偶然路地を通りかかったらお前の声がしたものだからつい足を止めてしまった。相手が誰だか気になったので路地を見張っていた。出てきたのが北川だったので驚いて、それで晴海埠頭に行ってみる気になったんだ」

ひとつとして嘘はなかった。べらべらと喋り続けていたのは、黙った途端に何をされるかわからない、そんな恐怖に陥ってしまっていたからだった。

だが俺は喋りすぎてしまったらしい。それに気づいたのは、竜崎がまた手を伸ばし、俺の胸倉を摑んできたときだった。

「北川の顔を見たのか」

竜崎はすでに普段の表情を取り戻していた。先ほどまでの剝き出しの凶暴さは影を潜めているが、張り付いたような彼の笑顔は逆に、底知れぬ恐ろしさを感じさせた。

「……ああ……」

息苦しさを覚えながらも頷くと、竜崎は「そうか」と呟いたあと、今までの乱暴な動作を裏切る丁寧な仕草で俺の身体をそっと床へと戻した。

「悪いが当分、ここにいてもらうより他なくなった」

「なに？」

やれやれと肩を竦めながら竜崎が告げた言葉の意味が、俺にはまったくわからなかった。どういうことだ、と見上げた先、竜崎がすっくと立ち上がり、俺をじっと見下ろしてくる。

「お前は知らなくてもいいことまで知りすぎたんだよ。俺にとっては今が一番大事なときでね、邪魔をされたくないんだ」

それだけ言うと竜崎は踵《きびす》を返し、リビングを出ようとした。

「おい、待てよ。どういうことだ？　お前は何をしようとしている？」

相変わらず竜崎が何を考えているかはわからなかったが、少なくとも彼の身体からは先ほどまで漲っていた殺気が消えていた。恐怖に震えていた自分が情けなくもあり、何よりわけのわからない状況を打破したくもあり、俺は立ち去ろうとする竜崎の足を止めようと、ありったけの疑問をぶつけていった。

「北川とは対立してたんじゃないのか？　黒曜会とお前は実は通じていたのか？　さっきのあれは覚醒剤取引だよな？　お前こそどうしてあの取引の時間と場所を知った？　まさかお前も覚醒剤に関与してるのか？」

いくら叫んでも竜崎の足が止まることはなく、彼は俺を振り返りもしないで部屋を出ていってしまった。

「竜崎！　お前はもう、俺の知ってる竜崎じゃないのか？」

最後に叫んだ言葉は、自分でもびっくりするくらいの感傷的な台詞になってしまった。俺の言葉に少しも耳を傾ける気配のない彼の背を見ているうちにやるせなさが募り、ついそんな言葉を吐いてしまったのである。

やるせない――まさに俺の胸には今、やるせない気持ちが溢れていた。

何がどうなっているのか、事情はまったくわからない。だが竜崎が今夜俺が見たあの、覚醒剤取引に何らかの形で関係しているのは間違いない。

ヤクザの北川と通じているのもまた事実だろう。ヤクザとともに覚醒剤取引に手を染めている――やはり竜崎はもう、俺の知る彼ではないのだ、と今こそ俺はそれを思い知らされていた。

姉の死をきっかけに、俺はヤクザを憎むようになった。覚醒剤をばら撒《ま》き利潤を得ている奴らは一人残らずぶっ殺してやりたい、そんなエキセントリックなことを考えていた時期もあった。

さすがに今は『ぶっ殺す』とは思わず、きっちりと社会的制裁を加えてやると思う程度だが、ヤクザ嫌いは相変わらずで、マル暴の刑事と馴《な》れ合おうとする彼らには人一倍嫌悪感を覚えた。

高校時代はもっと、俺のヤクザ嫌いは顕著だった。エキセントリックだったのもその頃だ。街でチンピラを見かけるとつい厳しい目を向けてしまうものだから、いつだったか、ガンをとばしているのか、と絡まれたことがあった。

あわや暴力を振るわれそうになったのを、そのとき一緒にいた竜崎が「警察がきた！」と叫ぶという機転を利かせ事なきを得たのだが、そのとき俺は彼に普段胸に渦巻いていたヤクザ嫌いをぶちまけてしまったのだった。

竜崎は黙って俺の話を聞いていたが、俺が話し終わると、俺の肩を抱き潤んだ瞳を向けてきた。

『……お前の気持ちは痛いほどにわかる……俺ももし、身内が——母親がそんな哀しい目に遭わされたら、どれだけヤクザ嫌いになることか』

わかる、わかると頷いてくれる竜崎に、俺の胸に熱いものが込み上げてきた。今にも涙が零れ落ちそうになったのが恥ずかしく俯《うつむ》いた俺の肩を、竜崎が一段と強い力で抱いてくれた、あの掌の感触は七年を経た今でも俺の肩に残っているというのに、その彼が今や、俺の憎んでいるヤクザと手を組み、覚醒剤取引に関与している。

「馬鹿野郎……」

思わずぽろりとその言葉が唇から零れたと同時に、目からは一筋の涙が零れ落ちていった。今は感傷に浸っている場合じゃない、なんとかこの場を逃げ出すことを考えなければならないとわかっているのに、頭に浮かぶのは七年前、俺の肩を抱いてくれた竜崎の潤んだ瞳ばかりで、しっかりしろ、と己に言い聞かせながらも俺は、とまらない涙を持て余し、漏れそうになる嗚《お》咽《えつ》の声を唇を噛み締め堪え続けた。

5

内ポケットに入れていた俺の携帯のアラームが鳴り響いたことで、午前七時になったことを知った。

止めようにも腕を縛られているためどうすることもできない。鳴らしっ放しにしているうちにアラームは止まったが、五分後にまた鳴るんだよな、と思ったときリビングのドアが開いた。

「おはよう」

足を踏み入れてきた竜崎が、満面の笑みを向けてくる。

「………………」

昨夜とは打って変わった愛想のよさだ、と無言で彼を見上げていた俺へと竜崎は大股で近づいてくると、傍らに膝をつき、スーツの内ポケットを探った。

「おい」

「七時起床か。健康的だな」

にっと笑いながら、竜崎が携帯のアラームをオフにする。人を食ったような口調にむっときたこともあり、俺は再び、

「おい」

と呼びかけ、勝手に携帯を操作しようとしている竜崎を睨んだ。

「意外に几帳面だな。メールアドレスをちゃんと分類しているとは」

「勝手に人の携帯をいじるな」

両手両脚を縛られている状態では怒声を張り上げることしかできない。

「警察関係者で一番多くメールのやりとりをしてるのは佐藤という男だな」

竜崎も俺が何もできないのがわかっているため、俺の制止を聞こうともせず携帯を操作し続けていた。

「よせと言っているだろう!」

「この佐藤という男にメールすればいいかな。今日は体調が悪いので休みます、と」

「……なに?」

『いいかな』と言いつつ、竜崎は手早い動作でメールを打つと、画面を俺へと示してみせた。

『申し訳ありませんが、体調不良のため本日休暇をいただきたく。吉井』

「……お前……」

「連絡もなしに休むと、怪しまれるだろうからな」

送るぞ、と声をかけてから竜崎はメールを送信し、俺の携帯を自分のシャツの胸ポケットへと入れた。

「さて、メシにするか」

ぽん、と俺の肩を叩き、竜崎が立ち上がる。

「何がいい？　和食でも洋食でも何でも好きなものを作ってやる」

「………………」

よすぎるほどに愛想がいい彼の意図が読めず無言のまま見上げた俺に、竜崎は見惚れるような笑みを浮かべてみせた。

「お前の身に危害を加えるつもりはない。ただ三日ほどここで大人しくしていてもらいたいんだ」

「……理由を聞きたい」

昨夜も彼はさんざん俺を脅かしたあと、同じようなことを言ったのだった。

『邪魔をされたくないんだ』

そうも言っていたけれど、一体俺がなんの邪魔をすると思うのか、説明してもらいたいという俺の希望は通らなかった。

「今は言えない」

「じゃあ、いつなら言えるって言うんだ」

思わず声を張り上げた俺の目の前で、竜崎は一瞬、遠い目をしたように見えた。

「？」

だが、俺がなんだと問いかけるより前に、彼は我に返ったらしい。

「そのうちに。すべてにケリをつけることができたらな」

「……………」

また口から出任せを、と俺は竜崎を睨みつける。

「ホントさ」

竜崎は俺に軽く肩を竦めてみせたあと、「それで、何を食う?」と先ほどの問いを繰り返した。

「いらない」

「意地を張らないでくれ。言っただろう? お前に害を与えるつもりはないと」

「……………」

害を与えるつもりはないといいながら、手足の拘束を解こうとはしない。信用などできるものか、と俺は竜崎からふいと目を逸らし、口を閉ざした。

竜崎は暫く俺を見ていたようだが、やがて小さく溜め息をつくと、部屋を出て行ってしまった。バタン、とドアが閉まる音に、行ったか、と俺も溜め息をつき、少しでも楽になるよう身体を捩って体勢を整える。

まったく竜崎は何を考えているのか、と俺は彼の出ていったドアを首を捻って見やったあと、またこつん、と頭を床へと戻した。

害を与えるつもりはないとしつこいほどに繰り返していたが、昨夜のあの剣幕を思うと素直には信じがたかった。

もう彼は俺の知る竜崎ではない。そのことは昨夜嫌というほど思い知らされただけに、今更彼がいくら友好的な態度で接してこようが、信頼などできるわけがないと思う俺の口からは、我知らぬうちに大きな溜め息が漏れていた。

「………」

これじゃまるで、彼を信頼できなくなったことを落胆してるようじゃないか、と唇を噛み締め溜め息を堪える。残念なものか。思い出すのだ。奴は七年前、俺に何の連絡も残さず消えた男だ。あの頃から信頼などできなかったのだと、なぜに俺は気づかなかったのか。

本当に我ながら、馬鹿としかいいようがない、と自嘲に顔を歪めたとき、背後でがちゃりと部屋の扉が開く音がし、俺ははっとしてまた首を捻り音のしたほうを振り返った。

「……あ……」

「トーストにした。ホテル並みとまではいかないが、ベーコンに卵にサラダ、それにフルーツ。これだけあれば足りるだろう」

陽気な声を上げながら部屋へと入ってきた竜崎の手には、それこそホテルの――しかも俺などは滅多に泊まれないような高級なホテルの朝食メニューそのものの皿が並んでいた。

「昔、ほら、受験の頃、よくウチに泊まったろう？　おふくろが朝、和食と洋食どっちが好きかと聞いたのに、いつも朝はパンだと答えていたことを思い出したんだ」

「……え……」

そう——たしかに彼の母親に、どちらが好きかと聞かれたことは俺もよく覚えている。どちらでもいいと答えると、それならいつもはどちらなのかと聞かれたのだが、当時俺の母親は家族に朝食を作れるような状態ではなかったため、朝食はたいてい抜きだった。

それを正直に言うことができず、俺は適当に『いつもはパン』と答えたのだったが、竜崎は俺が口から出任せのように言ったその言葉を、七年経った今も覚えていた、そのことに俺は酷く驚いてしまっていた。

「どうした」

竜崎が盆を床へと下ろしたあと、俺の腕を引いて身体を起こさせる。

「いや、よく覚えていたなと思って」

口などきくまいと思っていたにもかかわらず、あまりに驚きが大きかったために、俺の口からぽろりと考えていた言葉が漏れた。

「そりゃね」

竜崎が、なんだ、というように微笑み、座らせた俺のすぐ傍に盆を運んだ。

「よく覚えてるよ。合宿みたいで楽しかった。お前は覚えてないか?」

「………」

俺も覚えている、とつられて頷こうとした俺の目の前に、トーストが差し出される。

「ほら」

食え、といわんばかりに差し出されたトーストを見て、熱くなりかけた俺の胸は急速に冷めていった。

竜崎があんな思い出話を持ち出したのは、俺を懐柔《かいじゅう》するためだろう。彼が俺を、思い出を共有する友人だと本当に思っているのなら、事情を何一つ説明せず、手足の自由を奪ったままの状態で向かい合おうとはしないはずだ。

口先だけならなんとでも言える。単に人並み外れて記憶力がいいだけかもしれないじゃないか、と思うにつれ腹立ちが増していったが、逆に彼の思惑を利用できないかと思いついた。

竜崎は『友情』にかこつけて俺を取り込もうとしている。それなら彼の策略に乗ったふりをし、隙をついて逃げ出すことにしよう。彼が俺を信じていないのなら、俺も彼を信じないまでだ——必要以上に自棄《やけ》になっているような気がしないでもなかったが、そうと決まればまずは彼に懐柔されたところを見せなければ、と、俺は口を開くと差し出されたトーストを齧《かじ》った。

「次は何を食う?」

竜崎がどこかほっとした顔になり、俺に盆を示してみせる。

「ベーコンを頼む」

「わかった」

ナイフとフォークで丁寧にベーコンを一口大に切ったあと、口へと運んでくれる竜崎は酷く楽しそうに見えた。

「次は?」

「ジュースが飲みたい」

親鳥が雛《ひな》に餌を運ぶように、竜崎はかいがいしく俺の口に頼んだとおりの順番で『餌』を運んでくれ、三十分ほどかかってようやく俺の朝食は終わった。

「ご馳走さま。美味《うま》かった」

コーヒーを飲ましてもらったあと俺が礼を言ったのは、勿論彼を油断させるためではあったけれど、実際美味でもあった。

「それはよかった」

竜崎が満足そうに笑い、盆を手に立ち上がる。

「なあ」

なんとなく和んでいる今がチャンスだ、と俺は竜崎の背に、わざとらしく聞こえないように気をつけつつ声をかけた。

「ん?」

なんだ、と振り返った彼を見上げ、食事の間中ずっと頭の中で組み立てていた言葉を口にする。

「手洗いに行きたいんだが、縄を解いてもらえないか」

「……ああ、そうか」

竜崎は一瞬、どうしようかなという顔をしたが、さすがにそこでしろとは言えなかったようだ。ダイニングの机に盆を下ろすとまた俺のほうへと引き返してきて、足を縛っていた縄を解いてくれた。

「さあ」

ぐい、と手を引いて立ち上がらせる。腕はこのままでというのか、と俺はわざと大仰に驚き、竜崎を見やった。

「腕は解いてくれないのか？」

「………」

竜崎がまた、どうしようかなという顔になる。

「もう、逃げやしないよ。すべてにケリがついたら俺にも事情を説明してくれるんだろう？

俺はそれを待つことにするよ」

「吉井……」

竜崎がどこか呆然としたような顔で、心にもないことを並べ立てる俺の顔を見つめてくる。

「お前を信じるよ。七年来の友人だもんな」

わざとらしいか――いや、七年前のことを持ち出してきたのは竜崎が先だ。俺は彼の思惑どおり、七年前の友情に目覚め、友を信じるお人よしを演じていればいいのだ。

そんなことを考えているとはおくびにも出さずじっと顔を見上げていると、竜崎はようやく、

「わかった」

そう頷き、俺の後ろへと回った。

「確かに後ろ手で縛られたままでは用が足せないからな。だが解くのは今だけだ」

「ひどいな。信用してくれないのか」

恨みがましいことを言ったのは勿論演技だったのだが、なぜかそのとき俺の胸は鈍い痛みに疼《うず》いていた。

「信用していないわけじゃない。単に俺の性格問題だ。用心深いのさ」

気にするな、と竜崎が笑いながら結び目を解く。こうして縄を解くあたり、用心深くはないだろうと俺は、縄の解けた手首を竜崎が握ろうとした、その一瞬早く振り返り、彼の手を払いのけた。

「吉井」

竜崎が信じられない、というように目を見開く、その鳩尾めがけて俺は拳を突き出し、彼を気絶させようとした。

「うっ」

入った、と思ったにもかかわらず、俺の拳は空を切った。隙をついたと思った俺の動きより

も敏捷《びんしょう》に動いた竜崎が今度は逆に俺の胸倉へと腕を伸ばしてくる。

こうなったら逃げるしかない、と俺は踵を返しドアへ向かって駆け出そうとした。足の速さには自信があったが、長時間足首と膝を縛られていたために痺《しび》れていた足は思うようには動かなかった。

「吉井！」

駆け出す間もなく後ろから右肩を掴まれ、ぐっと引き寄せられる。後ろに倒れ込みそうになるのをなんとか踏みとどまって堪えようとした俺の身体の向きを、肩を掴んだ手を引いて返させた竜崎は、今度は俺の胸倉を掴みぐっと締め上げてきた。

「……はなせ……っ」

苦しい、と手を振りほどこうともがいても竜崎の腕は少しも緩まず、それなら蹴りだ、と右足を振り上げたとき、ふっと身体が宙に浮いた。

「うわっ」

ぐるりと視界が回る。投げられたのだ、と気づいたと同時に床が目の前に迫ってきて、俺は慌てて受身の体勢をとったがそれでもしたたかに肩を打ちつけてしまった。

「……う…」

痛みに呻《うめ》いている場合ではなかった。蹲《うずくま》る俺の視界に黒い影が差し、はっとして顔を上げたときには竜崎に圧《の》し掛かられてしまっていた。

「俺も舐《な》められたものだな、吉井」

息を乱しながら竜崎が俺を見下ろし、にっと笑う。凄みのある笑みを目の前に、俺は自分が窮地に陥ったことを悟った。

「まさかお前が情に訴えてくるとは思わなかった」

「お互い様だろう」

ヤバい、という思いは全身を駆け巡っていたが、そんな悪態をつかれては言い返さずにはいられず言い捨てた俺の目の前で、竜崎の顔から笑いが消える。

「言うじゃないか。吉井。お前はそういう目で俺を見ていたということか」

竜崎がやたらと真剣な顔で俺に問うてくる。傷ついたといわんばかりの彼の顔に、俺の胸はまた一瞬痛みに疼いたが、すぐにだまされるな、と我に返った。

「お前には言われたくないよ」

そう、俺こそ竜崎に問いたかった。お前は俺を今までどういう目で見ていたのか、と。

七年前を懐かしんでいたが、それならばなぜ、七年前俺になんの連絡もなく姿を消してしまったのか。俺は二人の関係を友人だと——親友だと思っていたが、竜崎にとっての俺は一体どういう存在だったのかと。

それに——。

なぜ俺を抱いたのか、そのこともまだ確かめてはいないという考えにいたったとき、それどころではないとわかっていながら俺の頬にはカッと血が上ってきた。

こんなときに何を考えているのか、と思考を頭の外へと追い出そうと首を横に振りかけたとき、いきなり竜崎の右手が俺の身体の上を滑り、ぎゅっとそこを握った。

「……なっ……」

何を、と抗《あらが》おうとする俺の身体を体重で押さえ込みながら、竜崎が手早く俺のベルトを外し、スラックスを下着ごと引き下ろす。

「よせっ」

勢いよくそれらを両脚から引き抜き下肢を裸に剝くと、今度は竜崎は俺のシャツを摑み、一気に前を開かせた。パチパチと音を立ててボタンが飛び散るのを目で追う間もなく、シャツを脱がされ、手首のボタンのせいで脱ぎきれなかったそのシャツで両手首を後ろで縛られる。

あっという間に全裸に剝かれ、うつぶせにされた俺の背に竜崎が圧し掛かってくる。尻に当たる彼の前が既に硬くなっているのが服越しに伝わってきて、ただでさえパニックに陥っていた俺を更に戦《おのの》かせた。

「何をする……っ」

後ろから伸びてきた竜崎の手が俺の胸を撫で上げる。両掌で双方の胸の突起を擦られる刺激に、びく、と身体が震えてしまったことに動揺したあまり叫んだ俺の耳元に、竜崎が唇を寄せ囁いた。

「何をするかって決まっているだろう？　セックスだよ」

「……やめろ…っ」

言いながら竜崎が勃ちかけた両方の乳首をきゅっと抓《つね》り上げる。またも、びくっと身体が震えてしまった俺を嘲《あざけ》るように笑った竜崎の息が耳朶にかかり、ぞわ、とした刺激にまた俺の身体はびくりと震えて俺を慌てさせた。

「お前は俺をどういう目で見ていたかは知らないがな、俺はお前をずっとこういう目で見てきた」

胸を攻めながら竜崎が熱い下半身を俺の尻に擦り付けてくる。勃起した彼の雄の感触に、一昨夜その雄に貫かれた俺の後ろはじん、と熱を孕《はら》み、俺の意識を超えたところでひくり、と蠢いて、俺をますますパニック状態へと追い落としていった。

おかげで竜崎の言葉の内容は、最初頭の上を通り抜けるだけで少しも意味がわからなかったのだが、次第に熱がこもってきた口調で囁かれる言葉は、俺が気づいたときには酷く卑猥《ひわい》なものになっていた。

「お前はどうやって喘ぐのか。どんなふうに悶えるのか、聞きたい、見たいと思っていた。乳首を吸ったらどんな顔をするのか、銜《くわ》えてやったらどんなふうに乱れるのか。そして――」

胸を撫で回していた竜崎の手が後ろへと回り、今度は俺の尻をぎゅっと摑む。

「突っ込んだらお前はどうなってしまうのか、とかね」

「……やめ……っ」

拒絶の言葉を口にしながらも、食い込む指の感触に、俺の雄は熱を孕み、後ろはひくりと、あたかも挿入を期待しているかのように蠢き始めてしまっていた。

「お前の中はどんな感じなんだろう――きっと酷く熱いに違いないと思ってた。熱くて湿っていていやらしく蠢いて俺をぎゅっと締め上げる――食いちぎられるんじゃないかというくらいにきっと締まりがいいだろう。突けば突くほどお前は感じ、身悶え、喘ぐ。俺が精液を注ぎ込むたびにお前のそこは悦《よろこ》びの声を上げ、貪欲に俺を求めてくる――そんなことをずっと想像してたよ」

切羽詰まった――それでいて酷くうっとりした口調で竜崎は囁き続けながら、俺の双丘を割り、ぐっとそこに指を挿し入れる。

「…あっ…」

指の侵入を待ちわびていたかのように後ろが蠢き、彼の指を締め上げた。湛らず声を漏らした俺の耳元で、竜崎がくすりと笑う。

「想像したとおりだ。この間も今日も――お前の中は酷く熱い」

「……やっ……あっ……」

竜崎が後ろに入れた指で俺の中を乱暴なほどの強さでぐいぐい抉《えぐ》ってくる。そのたびにびくびくと震える俺の背に胸を合わせるようにし、竜崎は尚も俺に囁き続けた。

「そういう意味では俺は変わってないよ。吉井。お前が変わってないように」

「……なっ……」

変わってない、という言葉が瞬時意識を覚まし、肩越しに振り返り顔を見上げた俺に、竜崎はにっと目を細めて微笑み、囁くような声でこう告げた。

「今も昔も——俺にとってお前は抱きたいと思わずにはいられない存在だ」

「……………っ」

何をふざけたことを——そう思ってしかるべきであるのに、俺の身体は竜崎の下でびくっと震え、勃ちかけた雄に一気に血が集まっていった。

そんな馬鹿な、と動揺しているうちに俺の背がふっと軽くなる。竜崎が脱衣のために俺の上から退いたのだということに気づいたときには、手早く全裸になった彼が再び覆いかぶさっていた。

勃ちきった雄を後ろにあてがわれ、その感覚に思わずごくりと唾を飲み込んでしまった音が室内に響き渡る。

「そうだ、いいことを思いついた」

ぬるりとした先端を後孔に擦り付けてきながら、竜崎がさも妙案を思いついたという声を上げる。

「逃げ出そうなどと当分思わないですむように、腰が立たなくなるほど抱いてやろう」

いい考えだろう、と笑いながら竜崎が、ずぶりと彼の太い雄を俺の中へとねじ込んでくる。

「あっ……」

そのまま一気に貫かれ、背を仰《の》け反《ぞ》らせた俺の腰に、がっちりと竜崎の両手が回る。

「覚悟はいいな?」

やけに楽しげな竜崎の声が聞こえた次の瞬間、激しい突き上げが始まった。

「あっ……はぁっ……あっ…」

パンパンと高い音が響き渡り、内臓を突き破る勢いで竜崎の雄が俺の内を抉りまた退いてゆく。カリの部分が内壁を擦り上げ擦り下ろす、勢いのある動作が生む摩擦熱は火傷《やけど》しそうなほどに俺の中を熱くしていた。

「やっ……あっ……やっ……」

奥深いところを抉られるたびに、閉じた目の奥に真っ白な閃光《せんこう》が走る。竜崎の腕が俺の腰を支えてくれていなければ、その場に崩れ落ちてしまうほどに力の入らない身体は、だが、突き上げられるたびにびくびくと震え、肌の内側から焼かれる熱でどこもかしこも熱くなってしまっていた。

「やっ……あっ……あっ…」

竜崎の手が前へと回り、俺の雄を握り締める。既に勃ちきり、先走りの液を零していたそれは、彼の手の中でどくどくと脈打ち、更に硬さが増していった。

「痛っ」

今にも達してしまいそうな雄の根元を竜崎がぎゅっと握り締める。強い力にキツさを覚え苦痛の声が漏れたが、身を焼く快楽に痛みはすぐ紛れてゆき、微《かす》かな違和感だけをそこに残すのみとなった。

「……あっ……はぁっ…あっ…あっ…あっ…」

二人の下肢がぶつかり合う高い音は延々と室内に響き渡り、絶頂すれすれの状態にこうも長い時間おかれたことがなかった俺の意識は朦朧としてきてしまっていた。

疲れを知らない竜崎の律動は、まるで機械か何かのように淡々と同じ速度で続いてゆく。喘ぎすぎて酸欠になるほどに息は乱れ、気を失いそうになっているにもかかわらず、竜崎に射精を阻まれどうしても達することができない。

いきたい——昂まりきった身体は欲情を発散させる術を求めて悶え、肌の内も外も熱く滾ってしまっていた。吐く息も滴る汗もこれでもかというほどに熱い。

身体中の血液が、内臓が、脳が、沸騰してしまっているのではないかと思うほどにどこもかしこも熱く、その熱で俺はもうどうにかなってしまいそうだった。射精したい、一気に絶頂を迎えたいという思いがいつしか口をつき、言葉となって迸る。

「あっ……いかせて……っ……いかせてくれっ……」

我ながら切羽詰まった声は当然竜崎の耳に届いているだろうに、相変わらず彼の手は俺の雄を握り締め、突き上げの速度も勢いも少しも緩まることはない。

「助けて……っ……もうっ……もうっ……おかしく……おかしくなるっ……」

誇張でもなんでもなく、このままの状態が長引けば俺はどうにかなってしまいそうだった。これまで体感したことのない狂おしいほどの欲情に息も絶え絶えになっていた俺がもはや限界だと察したのだろう。竜崎が俺の雄を一気に扱き上げた。

「あぁっ……」

悲鳴のような高い声が唇から漏れたと同時に俺は達し、白濁した液をこれでもかというほどに飛ばしてしまった。

「……ぁ……っ……」

ふっと身体が軽くなったと共に意識が薄れかけたが、竜崎が未だ硬度の衰えない彼の雄を中へと納めたまま器用に俺の身体を返し仰向けにさせたのに、違和感を覚え薄く目を開いた。視界に竜崎の端正な顔が飛び込んでくる。俺を見下ろす彼と目が合ったと思ったとき、彼がにや、と唇の端を吊り上げるようにして微笑んだ。

「……え……」

彼の両手が俺の両脚を抱え、背が床につかぬほどに——後ろ手で縛られた腕を圧迫しないほどに身体を持ち上げられる。まさか、と思ったときには再び竜崎の腰の律動が始まっていた。

「……やめっ……」

ゆるゆるとした速度の抜き差しが、やがて互いの下肢がぶつかり合うほどの激しい突き上げに変わってゆく。

まだ俺は息も整わない状態だというのに、少しの疲れもみせない竜崎の顔に、その動きに、驚きを覚える俺の頭に先ほどの彼の言葉が蘇った。

『逃げ出そうなどと当分思わないですむように、腰が立たなくなるほど抱いてやろう』

あれは本気だったというのだろうか——そんな、と行為の中断を求めたくても、再び上がり始めた息が邪魔して少しも言葉が出てこない。

「あっ……やっ……あっ…」

達したばかりの俺の雄がまた熱を孕み、彼の雄を納めるそこが自身の意思を超えたところでひくひくと激しく収縮する。

頭がおかしくなるほどの快楽がまた訪れるという予感に、俺の身体は恐怖と、そしてある種の期待に震え始めてしまっていた。

「あぁっ……」

脳が滾るような快楽に、身悶え、叫び、腰を振る。ただただ快感に喘ぐ俺から、そのとき自我は綺麗に失われていた。

二度、三度と精を吐き出したあとも、竜崎は俺の身体を離さなかった。もう許してくれ、と懇願したような気がするが、記憶は定かではない。

どのくらいの時間が経ったかもわからない。その間中殆ど竜崎の猛《たけ》る雄が挿入されていたために、俺の後ろはもう感覚すらなくなっていた。

苦痛というよりは甘やかな痺れになぜか充実感を覚えつつ、いつの間にか俺は竜崎の腕の中で、長時間の行為に疲れ果て意識を失ってしまったようだった。

6

意識が戻ったとき、俺は相変わらずリビングの床にいた。違うのは腕を縛っていたシャツが失われ、かわりにしっかりと縄で縛られていたことと、両膝と両足首もまたきつく縄で縛られていたことくらいで、全裸の身体の腰のあたりに俺から脱がせたシャツがかけられていた。

「………」

酷く身体がだるくて、起き上がることもできない。首を回して窓を見やると、カーテンの隙間から見える景色は、既に夕暮れに紅く染まっていた。

一体どのくらい意識を失っていたのか――それ以前に、俺はどのくらいの時間、竜崎に抱かれていたのだろう。ふと見下ろした先、赤い吸い痕がそこかしこに散る胸に、未だにぷく、と勃ち上がっている乳首に、俺はいたたまれなさを感じ、目を閉じてそれらを視界から追い出すと、はあ、と大きな溜め息をついた。

瞼《まぶた》の裏に、執拗に俺を攻め立てている竜崎の顔が浮かび、耳には高く喘いだ己の声が蘇ってくる。

『いかせて……っ……いかせてくれ……っ……』

こんな言葉すら発してしまった、と再び溜め息をつくと俺は目を開け、また首を持ち上げてぐるりと周囲を見渡した。

綺麗に片付いているリビングから、竜崎が俺から剝ぎ取った服は消えていた。縄を切れそうなものは、と探したが、使えそうなものは何もない。

それ以前にこの場を動くことすらできないのだが、とまた俺が溜め息をついたとき、がちゃりと扉が開いて竜崎が顔を覗かせた。

「目が覚めたか」

倦怠の欠片すらみせない軽快な動作で竜崎は俺へと近づいてくると、立ったまま俺を見下ろし、にこりと笑った。

「腹は空かないか？　激しい運動したあとだからさぞ空いてるんじゃないかな」

「……ふざけるな」

『激しい運動』という言葉に性的なニュアンスをこれでもかというほどに滲まされ、羞恥も手伝い俺は彼を怒鳴りつけた——つもりが、力が入らずやけに弱々しい声になってしまった。

「ふざけてなどいないよ。夕食は何がいいか、聞きに来ただけだ」

「いらない」

疲労が濃すぎて、正直ものを食う気力がなかった。

「拗《す》ねるなよ。ああ、怒ってるのかな？」

深読みする竜崎に一瞬苛立ちを覚えはしたが、そう思いたいなら思ってろ、と俺はふいと彼から目を逸らし、あからさまなほど横を向いた。

「言っただろう？　お前に危害を加える気はないと。飯もしかりだ。餓死でもされたらたまらない」

「……お前なあ」

聞き分けのない子供を諭《さと》すような竜崎の口調と彼の話の内容に、無視を決め込もうとしていた俺は堪らず切れた。

「何が『危害を加えない』だ。この状態のどこが危害を加えてないというんだよ」

裸で手足の自由を奪われている、それだけで充分な『危害』だと言いたかったのだが、また竜崎は深読みした。

「さんざん犯したとでもいいたいのか？　お前も充分楽しんでいたと思うが」

「何を？」

怒声を張り上げてしまったのは、竜崎の言葉に図星を指されたからでもあった。同時に俺は、自分が今まで少しも彼に『犯された』という認識を抱いていなかったという事実に今更のように気づかされ、愕然としてしまっていた。

よく考えれば――いや、考えるまでもなく、竜崎の行為は強姦《ごうかん》に他ならなかった。腕を縛り上げ、裸に剝いて後ろから突っ込む。犯されたと思ってしかるべきだというのに、俺はそれら一連の行為を彼とのセックスと認識していた。

そのことへの動揺がまた、俺に大声を上げさせたのだが、洞察力に優れている竜崎も俺のこんな胸の内までは『洞察』してはくれなかったようだ。目を剝く俺に「ジョークだ」と苦笑してみせたあと、俺へと屈み込み腕を摑んで身体を起こさせた。

「希望がないというのなら、適当に用意することにしよう。飯の前に身体を拭いてやる。待ってろ」

「待てるか！　お前、本当にどういうつもりなんだ？」

俺を座らせたまま、竜崎は踵を返そうとする。何が身体を拭いてやるだ、恩着せがましいんだよ、という憤りも手伝い、俺は彼の背に向かい更に大声を出して足を止めさせようとした。

「飯などいらない！　事情を説明しろ！　お前は何をしようとしてる？　犯罪にかかわることか？　黒曜会絡みなのか？　答えろよ！　竜崎！　おいっ！」

いくら俺が声を張り上げても竜崎の足は止まらず、広いリビングを突っ切りドアを開こうとしている。

なんとか彼の足を止めたい――そう思ったためでもあった。この問いを発すればもしや、なんらかのリアクションを得られるのではないかという考えもあったが、実のところ俺は何よりこの理由を知りたかったのかもしれなかった。

「どうしてお前は俺を抱いたんだよ！」

かちゃ、とドアノブの回る音と同時に叫んだ俺の言葉が、室内にわん、と反響する。

「………」

竜崎の動きが初めて止まり、ドアノブから彼の手が退いていった。ゆっくりとした動作で竜崎が肩越しに俺を振り返る。

「昨夜も言ったろう」

言いながら竜崎が、身体ごと振り返り再び俺へと歩み寄ってきた。

「……え?」

何を言われたのだったか、と眉を顰めた俺を真っ直ぐに見据え、竜崎はゆったりした歩調で近づいてくる。

「俺にとってお前は、抱かずにはいられない存在なんだと。七年前も、今もそれは変わらないと。聞いてなかったのか?」

竜崎の顔には笑みが浮かんでいたが、やたらとぎらついて見える彼の瞳は少しも笑っていなかった。穏やかな口調ではあったが、声にはいつにない緊迫感が満ちている。

何をする気だ、と身体を引こうにも、手足を縛られたこの状態では身動きをすることもできず、呆然とその場で座り込んでいた俺のすぐ傍まで竜崎は歩み寄ると、痛いほどの力で俺の髪を摑んだ。

「……おいっ……」

そのまま竜崎は俺の顔を彼の下肢へと押しあてた。なんだ、と身構えたそのとき、頬に彼の雄を感じた俺は、その熱さに驚き思わず息を呑んだ。

「わかっただろう？　今も俺はお前を抱きたくてたまらないってことが」

ふふ、と笑って竜崎がまた俺の髪を掴み、無理やりに顔を上げさせる。

「痛い……」

髪の毛がひきつれる痛みに呻いた俺に、竜崎は「悪い」と心にもない謝罪をすると、俺の髪を離し、その手でゆっくりと自身のファスナーを下ろしていった。

「………っ」

ある程度形を成している彼の雄が取り出されるのを、俺はやはり呆然としたまま見つめていた。

「さっきあれだけやったのに、信じられないとでも言いたそうだな」

ふふ、と笑いながら竜崎がゆっくりと彼の雄を扱き始める。みるみるうちに大きさを増してゆくそれからなぜか俺は目が離せなくなり、思わずごくりと唾を飲み込んでしまったその音が室内に響き渡った。

「お前相手ならいくらでもできる。証明してやろうか？」

あっという間に勃起した雄を俺へと示してみせながら、竜崎がにっこりと目を細めて微笑んでみせる。

性的興奮が彼の頬を紅潮させ、瞳を潤ませている。そんな彼の微笑は輝くばかりの美しさを湛《たた》えていた。見惚れずにはいられないその笑みは、七年前とまるで同じ優しげなものであるのに、その微笑を裏切るような行為に竜崎は出始めた。

「おいっ…」

肩を強く押され、バランスを失い俺は後ろへとひっくり返った。仰向けに寝転がった俺の上に、少しのためらいも見せずに竜崎が覆いかぶさってくる。

「よせっ」

彼の手が縛られたままの俺の両脚を摑み、強引に腰を上げさせる。膝と足首を縛られた脚は当然ながら開くことなく、きつい体勢に悲鳴を上げた俺の後ろに、ずぶりと彼の雄が挿入されてきた。

「やめ…っ……」

昨夜さんざん行為に啼かされた身体は、いきなりの挿入にもかかわらず、太い彼の雄をやすやすと受け入れてゆく。それどころかまるでその雄の侵入を悦ぶかのようにひくひくと蠢き、疲労困憊《こんぱい》に喘いでいたはずであるのに、と俺自身を驚かせた。

「……いいね」

竜崎が、低く息を漏らしながら、にっと笑ってそう呟く。セクシーな彼の声音を耳にしたとき、ざわりとした感覚が俺の身体を覆い、後ろは更にひくついてまたも彼の雄を締め上げた。

「いい感じだ……」

うっとりした口調でそう言いながら、竜崎がゆっくりと突き上げを始める。

「ビジュアルもすばらしくいい。ＳＭの気はないんだが、お前のこんな姿は酷く官能的だ」

竜崎の手が縛られた俺の膝を押しやり、更に腰を上げさせる。きっちりと足首を縛っている縄を手でなぞりながら竜崎はそんなアブノーマルなことを言うと、な、というように俺に微笑みかけてきた。

「ふざける…な…っ」

身体のきつさと、次第に速まってくる律動が生む快楽が、だんだんと俺の身体に熱をこもらせてゆく。あれだけ喘ぎ、精を吐き出したこの身体の中にまた、欲情の焔がくすぶり始めたことに驚きと戸惑いを覚えていた俺に、竜崎がにっこりと目を細めて微笑んで寄越した。

「ふざけてなどいないよ。お前は俺にとって本当に……」

そのあと彼は何かを呟いたのだが、声が低くてよく聞き取れなかった。何、と問い返そうとしたとき一段と高く脚を上げさせられ、竜崎が激しく俺を突き上げ始めた。

「やっ……あっ……あぁっ…あっ…」

苦痛と快感がないまぜになり、俺の全身を駆け巡る。ひくつく後ろも、きりきりと肌を締め上げてくるきつい縄目も、背中に敷いている腕の痛みも、何もかもが俺を快楽の高みへと導き、何も考えられなくなった。

「あっ…やっ…あっあっあっ」

寝返りを打つのも困難だったはずの俺の身体は、竜崎の激しい突き上げにそれは敏感に反応し、床の上で俺は身悶えまくった。たわみ、撓《しな》る身体の動きは活発で、延々と続く竜崎の律動をしっかりと受け止めていた。

「あっ…はぁっ…あっあっあっ」

触れられてもいないというのに、俺の雄はすっかり勃ちきり、己の腹と太腿に先走りの液を擦り付けていた。竜崎の腰の動きが加速し、彼の雄がより深いところを抉り始める。

「あぁっ……」

もっとも深く突き上げられたと思ったとき、俺の上で竜崎が軽く伸び上がるような姿勢になった。

ずしりとした精液の重さを後ろに感じたことで、彼が達したことを知った俺もまたほぼ同時に達したのだったが、胸のあたりに飛んできた自身の精液は酷く薄い色をしているように感じた。

「あぁ……」

竜崎が自身の雄を抜き、抱えていた俺の脚をそっと床へと下ろす。はあはあと乱れる息の下、背に敷かれた腕が痛んだこともあり、俺はごろりと横向きに寝返りを打ったのだが、そのとき竜崎の腕が俺の腰を捕えたのにぎょっとし、肩越しに彼を振り返った。

「まだ、できる」

にっと笑った彼が腰を捕らえた手で俺の身体をうつ伏せにし、高く腰を上げさせる。四つん這いのような格好を取らせる彼の雄は、確かにその言葉どおり、達して尚ある程度の硬度を保っていた。

「よせ……っ」

両手で双丘を割ろうとする彼に叫んだ俺の声は、綺麗に無視されてしまった。彼の長い指が俺の後ろへと挿し入れられ、彼が中に放った精液を勢いよくかき出してゆく。

「あっ……」

その刺激に俺の後ろはひくひくと思い出したように蠢き、俺の腰はその動きを収めようとして逆に淫《みだ》らにくねった。唇から漏れる声の甘さに驚いたのは俺だけではなく、竜崎もまた一瞬手を止めると、後ろから俺に覆いかぶさるようにして顔を覗き込んでくる。

「お前もまだ、できそうだな」

「な……っ」

にっこりと目を細めるあの七年前と同じ微笑を浮かべながら、竜崎が決して七年前には口にしなかった卑猥なことを囁く。

そんな卑猥な言葉に身体が熱く疼く自分自身に戸惑いを覚える間もなく、再び始まった行為に俺はまた意識を飛ばしていった。

次に俺が目覚めたときには、外はすっかり暗くなっていた。時計を見上げると午後十時を回った頃である。

あのあとまたさんざん喘がされた俺の身体はすっかり消耗し、起き上がるどころか頭を上げるのすら困難だった。抱かれているうちに意識を失ってしまったようだと溜め息をついたとき、汗まみれの身体が綺麗に拭われていることに気づいた。

多分、竜崎が拭いてくれたのだろう。腕と足の縄も縛り直したようで、赤黒い結び目の跡が縄目から少しずれていた。

セックスに次ぐセックスに、頭も身体もおかしくなってしまいそうだった。竜崎は一体何を考えているのだとまた、深く溜め息をつく俺の脳裏に彼の華麗な笑みが蘇る。

『俺にとってお前は、抱かずにはいられない存在だと。七年前も、今もそれは変わらないと。聞いてなかったのか？』

そう言い、俺の髪を摑んで自身の下肢へと顔を押し当てた彼はそのとき、一体どんな表情をしていたのか——ぼんやりとそんなことを考えていた俺は、がちゃりと扉が開く音にはっと我に返った。

「おいおい、とんでもねえことになってるな」

当然入ってくるのは竜崎だと思っていた俺は、不意に響いてきた彼のものではない男の声にぎょっとし首をもたげて後ろを見た。

「あ」

「やあ」

驚きの声を上げた俺に右手を上げて笑ってみせたのはなんと、黒曜会の若頭、北川だった。どうして彼がここに——呆然としていた俺の耳に「おい、勝手に入るな」という声と共に、竜崎が北川の後ろから部屋に入ってくる。

「まったく、大胆なことをするもんだな、映」

「部屋には勝手に入るなと言ったろう?」

にやにや笑いながら俺の身体を舐めるような目で見やっていた北川の前に竜崎が立つ。おかげで視線からは免れたものの、何がどうなっているのだと俺は身体を捩り、彼らのほうを向こうとした。

「それが人を呼びつけておいて言う台詞かよ。まったくこの姫はわがままでいけねえ」

「誰が姫だって?」

くだけた口調で語り合う彼らは相当親しそうだった。竜崎を『姫』とは、言いえて妙だな、などと感心する余裕はそのときの俺にはなく、唖然《あぜん》としたまま彼らのやりとりに耳を傾けていた。

「映姫だろう？　まったく、俺だって決して暇じゃねえんだぜ。それをいきなり部屋に来い、若い衆は連れてくるな、と言われちゃあ、期待するなってほうが無理だろう」

「どんな期待をしたか想像はつく。ご愁傷様とだけ言っておこう」

竜崎は笑って北川の肩を叩くと、ごくさりげない仕草で上着を脱ぎ、俺へと向き直った。

「頼みたかったのは彼の見張りだ」

言いながら竜崎が歩み寄り、裸の俺にふわりと彼の上着をかける。

「姫の頼みなら引き受けねえでもないが、そいつは刑事だろう？　しかもお前の友達じゃなかったか？」

半ば呆れたようにそう言いながら北川もまた近づいてきて、竜崎の後ろから俺を見下ろした。

「素っ裸で拉致《らち》とはね。犯したのか？」

北川が俺を見据えたまま、竜崎に笑いを含んだ声で問いかける。

「ノーコメント。だが、こいつに指一本触れることは許さない」

竜崎が肩越しに北川を振り返り、じろりと厳しい一瞥を与えた。

「おいおい、そりゃ酷ってもんだ。こんな美人のあられもない姿を目の前に手を出すなだと？　自分は楽しんでおいてズルいじゃねえか」

まったく、と笑いながら北川が、竜崎の身体を押しのけるようにして俺へと歩み寄り、彼がかけた上着を捲り上げようとした。

「痛っ」

次の瞬間、北川の悲鳴が響き渡った。驚くばかりの敏捷さで竜崎が近づき、北川の右腕を摑んで捻り上げたのだ。

「だから、こいつには指一本触れるなと言っただろう？」

「わかった、わかったから離してくれ」

痛いって、と北川がじたばたともがくのに、竜崎は「わかったならいい」と言いながら彼の腕を離した。

「馬鹿力出しやがって」

おお痛い、と摑まれていた手首を大仰に擦りながら、北川が恨みがましい目を竜崎へと向ける。

「わかったな？　妙な考えを起こさないこと。こいつの身に危害を加えたらもう、これまでの話はチャラだ」

「ああ、わかったよ。そう脅すな。俺もセックス相手には不自由してねえ」

肩を竦めてみせた北川に、

「若頭はおモテになるからな」

竜崎がそれまでの厳しい眼差しを笑いに緩めて揶揄し、ぽん、と肩を叩いた。

「つくづく姫は性格が悪いな」

「その『姫』という呼び名はなんとかならないのかね」

北川も笑って竜崎の肩を叩き返したのに、竜崎があからさまに嫌そうな顔をし彼を軽く睨む。

「高慢、高飛車、美人。この上なくぴったりなあだ名だと思うんだがな」

「なんで姫なんだよ。王子様でもいいだろうに」

「王子と呼んでほしけりゃ呼んでやるぜ。映王子」

「いらないよ」

竜崎と北川は暫くの間二人して軽口を叩き合っていたが、やがて時間を気にしたらしい竜崎が腕時計を見やった。

「それじゃあ、あとは頼む。五時には戻るつもりだ」

軽く右手を上げ微笑んだ、その手に北川が軽く握った拳をぶつけた。

「おう、任せとけ。見張り役、引き受けたぜ」

その言葉を聞き、北川は俺を見張るために竜崎に呼び出されたのかと初めて俺は察した。

「指一本触れないようにな」

「いい加減しつこいよ」

じろ、と睨む竜崎に、北川がやれやれ、というような顔をしたあと、にやり、と唇の端を上げて笑った

「もしかして惚れてんのか?」

「……………」

竜崎は何か言おうと口を開きかけたが——おそらく悪態をつこうとしたのではないかと思われる——結局は何も言わず、じろ、と北川を一瞥したあと踵を返した。

「無視かよ。可愛くねえなあ」

あはは、と北川が笑うのもそれこそ『無視』し、竜崎は部屋を出ていってしまった。バタン、とドアが閉まったと同時に、北川が俺を振り返る。

「惚れてんだってよ」

今度は俺を揶揄しようとしてきた北川から目を逸らしかけたが、北川に事情を聞くという手もあるかと思い直し、にやにやと笑いながら俺を見下ろしていた彼を見上げ口を開いた。

「竜崎とはどういう関係なんだ?」

「なんだ、ヤキモチか?」

はは、と笑いながら北川が俺に背を向けダイニングへと向かってゆく。何をしに行ったのかと思っていると、すぐに彼は缶ビールを手に戻ってきて、俺が転がされていた床のすぐ近くにあるソファへとどっかと腰掛けプルトップを上げた。

「竜崎とは対立していたんじゃないのか」

はぐらかされてはたまらない、と俺は北川へと顔を向け問いを重ねたのだが、北川は「さあねえ」と笑って答えようとはしなかった。

「竜崎を脅していたのは茶番だったということか？　目的はなんだ？　組の連中もお前と竜崎が通じていることは知らないのか？」

「おいおい、いきなり人を『お前』呼ばわりは失礼じゃねえの？　ええと、なんていったかな。ああ、吉井ちゃんだ。吉井弘海ちゃんよう」

署名してもらったしな、と笑った北川は缶ビールを一気に呷ると、ぐしゃ、と手の中で缶を潰しソファから立ち上がった。

再びキッチンへと向かってゆき、新たな一缶を手に戻ってきた彼に俺は質問を再開した。

「一体お前たちは何をしようとしているんだ？　晴海埠頭での覚醒剤取引か？　あの取引もお前らが仕込んだのか？」

わざと『お前ら』と連呼したのは、俺の問いを適当にかわそうとしている北川をむっとさせるためだった。怒れば彼も余裕がなくなる。口を滑らせる確率も高くなろうという俺の読みは、だが、彼相手には少々甘すぎたようだ。

「喋らせようとしても無駄だぜ、弘海ちゃん。生憎《あいにく》そう単純にはできてないもんでな」

北川がにやりと笑って二缶目のビールに口をつける。さすが若頭、チンピラを相手にするようなわけにはいかないな、と新たな作戦を考えようとしていた俺に、逆に北川が問いかけてきた。

「それより弘海ちゃん、姫とは――映とは、一体どういう関係なんだ？」

「別に」

北川の頬には相変わらずにやにや笑いが浮いている。どうやら彼は、退屈しのぎに俺をからかおうとしているらしいと察し、ふいとそっぽを向いたのだが、北川はなかなかにしつこかった。

「同級生だって言ってたよな。高校だったっけ？　当時からセックスしてたのかな？」

「…………」

するわけがない、と心の中で毒づいている自分に気づき、俺が腹を立てさせられてどうする、と気を取り直す。

「素っ裸で縛られているっていうのは別に、マゾ気があるからってわけじゃあないんだろ？　まあ、映に女王役は似合うがな」

あはは、北川が声を上げて笑ったあと、一気に缶ビールを呷り俺を見る。

「美人の裸を肴《さかな》に酒を飲む、か。趣向としちゃあ面白いが、触れられもしねえとはつまらねえな」

もう飲みきってしまったのか、ぐしゃ、と再び缶を潰した北川が立ち上がり、またキッチンへと向かってゆく。立ち上がったときに彼が俺を見下ろした、その目の中にちろりと欲情の焔が立ち上っていることに気づいた俺の背筋を悪寒が走った。

「あれだけ釘を刺されちゃあ、滅多なことはできねえが、それにしても惜しいよな」

新たな缶ビールを手に戻ってきた北川が、満更冗談ではなさそうな口調で言いながら、ソファではなく俺のすぐ傍らに膝をついて座り、顔を覗き込んでくる。

「減るモンじゃなし、見るくらいはいいよな」

「なっ……」

いきなり伸びて来た北川の手に上着を剝ぎ取られ息を呑んだ俺の身体を、じろじろと北川が舐めるように眺め始める。

「情痕とはよく言ったもんだよなあ。いやあ、実に生々しい」

俺の胸に、腹に、太腿に残る紅い吸い痕に、舐られすぎて紅く色づいている乳首に、視線をいちいち留めながら北川が笑いを含んだ声でそんなふざけたことを口にする。

「随分とお楽しみだったようじゃねえか」

なあ、と北川が手を伸ばし、俺の乳首を指で弾いた。

「…っ」

自分の意識を超えたところで俺の身体がびくっと震えてしまう。

「こりゃあいい。随分感じやすいんだな」

楽しいぜ、と北川は下卑た笑いを漏らすと、今度は指先で乳首を摘み、きゅっと捻り上げてきた。

「やめ……っ」

制止の声が上ずってしまうのに唇を噛んだ俺の目は、北川の顔がうっすらと紅潮してゆくさまをとらえていた。

やはり彼は欲情しているようだ。そういえばスラックスの前も盛り上がっているような気がする——実際冷静に相手を観察していられるような状態ではなかった。が、そうでもして気を紛らわせていないと、身体の反応を抑えることができなかった。

男に——それもヤクザに触られて感じるなど、俺のプライドが許さない。否、それ以上にアイデンティティーの崩壊だ、と身体の震えを意識的に抑え込み、唇を噛んで上がりそうになる息を堪えていた俺は、

「これ以上はマズいか」

と、北川が残念そうな声を出しながら俺の乳首を離したのに、思わず安堵の息を吐いた。

「指一本でも触れたら許さねえそうだからな」

そう言いながらも北川がまた俺へと手を伸ばしてきたのに、今度は何をする気だと俺は身体を捩ってその手を逃れようとした。が、両手両脚の自由を奪われたこの状態ではそう敏捷に動けるわけもなく、北川が俺の顎を摑み、彼のほうを向かせるのを防ぐことはできなかった。

「それにしてもよ、美人の刑事さんよぅ」

北川が俺の目を真っ直ぐに見下ろしてくる。顔を背けようにも俺の顎を捉えた北川の指は緩

む気配がなく、仕方なく俺も彼の目を真っ直ぐに見返し続く言葉を待った。

「指一本触れるなとは、竜崎はお前を随分大事にしてるよなあ」

にやり、と北川は笑い、さも揶揄しているような口調でそう言ったが、実のところ彼の目は笑うどころか、抜け目ないという修飾語がこの上なく似合うほどある種の厳しさを湛えていることに俺は気づいた。

「もしかしてあんたは、映のアキレス腱なのかな?」

「……さあ」

俺は別に答えをはぐらかしたわけではない。竜崎にとって自分という存在がいかなるものか、俺自身が知りたいくらいであったためなのだが、北川はそうはとらなかったようだ。

「随分余裕じゃねえか」

むかつくぜ、とさも不快そうに眉を顰めてそう言い捨てたあと、何を思い直したのかまた俺の顔を覗き込んできた。

「しかし、もしあんたが映の唯一の弱点であるとすれば、それはそれで面白いよな」

「………」

北川の顔は笑っていたが、彼の目はやはり笑っていなかった。そのとき俺の頭にふと、もしや北川と竜崎の間はさほど友好的なものではないのでは、という考えが浮かんだ。

竜崎がどう思っているかは不明だが、少なくとも北川の様子からすると、二人の間は信頼関係ではなく、利害関係で結ばれているのではないかと思われるのだ。

そういえば竜崎も先ほど北川を脅すのに『これまでの話はチャラだ』などと言っていたように思う。

ということは——と、そこまで考えたとき不意に北川が顔を近づけてきて、俺の思考はここで中断されることになった。

「おい……っ」

何をする気だと思ったときには唇を塞がれていた。顎を摑んだ手で俺の口を強引に開けさせ、舌を入れてきたのに、冗談じゃないと俺は奥歯を嚙み締めた。

「痛っ」

舌を嚙まれた北川が悲鳴を上げ、俺の頭を床へと叩きつける。

「……っ」

ゴンッと音が響くほど頭を強くぶつけたため、今度は俺が痛みに呻き声を上げ、鈍痛を身を竦めてやり過ごすことになった。

「まったく、本当にじゃじゃ馬だぜ」

血が出たじゃねえか、とぶつぶつ文句を言いながら、北川がまた俺の顎を摑み、顔を上に向けさせる。

「自分が今、どういう状況にいるのか、少しは頭を働かせろよ。美人の刑事さんよぅ」

唇の端を血で汚していた北川は、相当怒っているようだった。ぎらぎらと光る彼の目が胸の内で燃え盛る怒りを物語っている。

だが実際、彼の胸で燃えていたのは『怒り』ではなかったということを、俺は次の瞬間思い知らされることになった。

「指一本触れるなってことだが、触れたかどうかは、あんたが映に喋らない限り、バレることじゃないわなあ」

北川の手が俺の顎から首筋を下り、胸の突起へと辿り着く。

「……っ」

またもきゅっとそれを抓り上げられ、身を竦ませた俺を見下ろし、北川はにやりと笑うと、俺の胸に顔を埋め、もう片方の胸の突起を長く出した舌でぺろりと舐め上げてきた。

「よせ…っ」

びくっと身体が震えてしまうことに自己嫌悪を覚えるあまり怒声を張り上げた俺を、北川が顔を上げ、ちらと見る。

「映の惚れた相手だというのにも興味がある。味見するくらい、奴も目をつぶってくれるだろう」

「何を勝手な……っ」

ふざけるな、とまたも怒鳴ろうとした俺は、再び顔を伏せた北川に胸の突起を強く吸われ、

うっと息を呑んだ。もう片方の乳首を断続的にきゅ、きゅ、と抓りながら、唇で、舌で愛撫を続ける。身体の芯にじんわりと欲情の焔が立ち上ってくることに耐えられず、かといって北川から逃れる術を持たない俺は、我が身に降りかかるすべてのことから逃れたいとぎゅっと目を閉じたのだが、そのとき俺の頭にぱっとある考えが閃《ひらめ》いた。

「……っ……」

うまく北川の欲情を煽れば、この場を逃げ出すチャンスに結びつくかもしれない。

勝算が薄い賭けだったが、このまま彼に身体をおもちゃにされ続けるよりはいいだろう。まずは縄を解かせる算段をと、胸への愛撫に息を乱してしまいながら、俺は必死で考えを巡らせ続けた。

やはりここは相手を油断させ、一気に攻めるしかないだろう。まずは縄を解かせなければ、と、俺は北川の愛撫に屈した『演技』をし始めた。

「もう……っ……もう、胸は……胸は……っ……」

演じずとも込み上げる欲情に語尾がいい感じに掠《かす》れ、それがリアリティを生んだようだ。思惑どおり北川は俺が何を言い出したのだと興味を覚えたらしく、胸から顔を上げて尋ねてきた。

「どうした？『胸はもう』なんだって？」

「胸じゃ…もう……っ……我慢できない…っ」

そう言い、腰をくねらせながらも内心では、ちょっとやりすぎただろうかとびくついていた俺の目の前で、北川がにやりと笑う。

「そうか」

彼の指が胸からわき腹を滑り、俺の後ろへと向かってゆく。腰のラインを下る指の動きに合わせ、仰向けに寝かされていた身体を自ら横向きになるよう寝返りを打った俺の頭の上で、北川がヒューと口笛を吹いた音が響いた。

「積極的じゃねえか」

言いながら北川が掌で俺の尻を撫で回すのに、悪寒を覚えながらも俺は、更に彼の興奮を煽ろうと猥雑な言葉を敢えて口にした。

「身体の奥が熱くて……特にここ、じんじん疼いてきてしまって、もう我慢できなくて……」

『ここ』といいながら腰をくねらせた俺に、北川が「そうか」と目を細めて微笑んだ。

「それじゃ、お望みどおり挿《い》れるとするか」

そう言い、膝で立つと、ジジ、とスラックスのファスナーを下ろす。勃ちかけた彼の雄は竜崎に負けず劣らず立派なもので、竿には真珠というのだろうか、ぼこぼことしたものが埋まっていて俺を驚かせた。

「言っとくが、お前が誘ったんだからな。映には喋るなよ?」

欲情にまみれながらもしっかりと俺に確認を取ろうとする北川は、思ったよりも冷静なのかもしれない。マズいかな、と思いはしたが、今さら作戦を中止することはできないと、俺はまたオーバーなほどいやらしく腰をくねらせたあと、北川が見下ろす中、快楽に我を忘れる演技をし続けた。

「早く……挿れて……でもその前に……」

「ん？」

北川も興奮してきたのか、上ずった声で俺に問いかけてくる。

「腕が痛くて………」

身体を捩って結び目を北川に示してみせ、続いて俺は上目遣いで北川を見上げた。

「解いてとは言わないから……縛り直してもらえないか？　結び目が食い込んで血が止まりそうなんだ」

「確かに痛そうだな」

北川は納得したようだが、彼は相当用心深いらしく、どうしようかと暫く俺を見下ろしていた。

「頼む……痛いんだ」

背筋がムズムズするほど甘ったれた口調で懇願してみる。通じるか通じないかは半々だな、とそれでも動く気配を見せない北川を見上げていた俺は、

「仕方ねえな」

彼の手が俺の縄へと伸びてきたのに、心の中でガッツポーズをとった。

「おかしなこと、考えんじゃねえぞ」

それでも一応北川は、俺に念を押すことを忘れなかった。彼の手が縄にかかり、結び目が緩む。今だ、と俺はうつ伏せになり、切羽詰まった声を上げた。

「やぁっ」

「どうしたよ?」

唐突な俺の悲鳴に、北川が慌てて顔を覗き込もうとする。そのとき生まれた一瞬の隙を俺は見逃さなかった。

緩んだ縄目から素早く右手を引き抜き、身体を返して北川の首の付け根、所謂《いわゆる》急所と言われている場所に手刀を打ち込む。

「うっ」

北川は「しまった」というように目を見開いたまま気を失い、どさりと俺の上に落ちてきた。彼の身体を押しやり、足を縛る縄を解いて、その縄で意識のない北川の手足を縛り上げる。

立ち上がるとふらふらしたが、休んでいる暇はなかった。まずは俺の服やら警察手帳やらを探さねば、とリビングを駆け抜け竜崎の寝室へと向かった。

服は案外簡単に見つかった。造り付けのクローゼットにかけてあったが、シャツもスーツも綺麗にプレスされていることが俺を驚かせた。

手帳や財布はスーツの内ポケットに入ったままだったが、携帯は辺りを探しても見つからなかった。電話はあとだ、と俺は身支度を整えるとまたリビングを突っ切り、竜崎のマンションをあとにした。

マンションを抜け出したときには俺は当然、署に向かうつもりでいた。タクシーを捕まえるために大通りを目指す。

歩くのが酷くだるく、すぐに息も切れてしまう。綿のように疲れた身体、などという比喩があるが、まさにこういう状態を言うのだろうと、俺は一旦足を止め、はあ、と大きく溜め息をついた。

まったく酷い目に遭ったものだ——我知らず目を閉じた俺の脳裏には縛り上げた俺の後ろに雄を捩じ込んでくる竜崎の顔が、耳には己のあられもない声が蘇ってきて、俺は慌てて目を開くと、頭を振って気持ちを切り替えようとした。

一生分のセックスをした、といっても過言ではない時間だった。まさか自分がアナルセックスに身悶え喘ぎまくるなど、想像したこともなかった、と自嘲しかけた俺の耳に竜崎のどこか切羽詰まった声が不意に蘇ってきた。

『今も昔も——俺にとってお前は抱きたいと思わずにはいられない存在だ』

「…………」

馬鹿なことを、と思う俺の足はいつしか止まり、往来に立ち尽くしながら俺はまた、幻の竜崎の声を聞いていた。

『お前は俺をどういう目で見ていたかは知らないがな、俺はお前をずっとこういう目で見てきた』

あの言葉は真実なのだろうか。彼は高校時代、俺を抱きたいと思っていたと——？

七年前の竜崎の顔を、彼と過ごした日々を思い起こそうとしている自分に気づき、俺は、馬鹿馬鹿しい、と溜め息をつくと、己の考えから逃れようとでもするかのように大通りへと向かって再び歩き始めた。

今はそんなことを考えている場合ではない。黒曜会が外国人から買い付けた覚醒剤取引を摘発すること、まずはそのことに意識を向けるべきだろうと思うのに、俺の頭からなかなか竜崎の幻は消えてはくれなかった。

『お前の身に危害を加えるつもりはない。ただ三日ほどここで大人しくしていてもらいたいんだ』

何が危害を加えないだ、と俺は彼の幻の声に突っ込みを入れたが、実際彼が俺に『危害』を加えたのは俺が逃げ出そうとしたときからだったということに思い当たった。

『こいつの身に危害を加えたらもう、これまでの話はチャラだ』

そして北川へのあの、執拗《しつよう》なほどの釘刺し——もしや竜崎は本当に、三日だけ俺をあの部屋に留めておきたかっただけなのではないか。

「馬鹿馬鹿しい」

いつの間にか足を止めそんなことを考えていた自分に、今度ははっきりと『馬鹿馬鹿しい』という思いを口に出した。

そして、声にすることで自覚を促そうとした己の試みが、失敗に終わったことを同時に悟る。

「……一体どういうつもりだったんだ?」

呟いたところで答えなど見つかるわけもないのに、幻の竜崎の姿に問いかけた俺は、どうせなら『幻』ではない彼に答えをもらいにいこう、と心を決めた。

時計を見ると午前三時。ホストクラブ『オンリー・ユー』は営業中だ。店の中では彼も、そうとんでもない行動には出られないだろう。

彼は俺を北川に見張らせていると思っている。北川はしっかりと縛り上げてきたから、彼が竜崎に連絡を入れることができる可能性は著しくゼロに近い。

今のうちに奇襲とばかりに竜崎を訪れるのは、彼の本音を聞きだすチャンスかもしれない。

山のように理由を捻り出しながら、俺は今度こそ大通り目指して駆け始めた。倦怠感の溢れていたはずの身体が、やけに軽く感じるのは気が急《せ》いているためか、と思う俺の耳にもう一人の俺の声が響く。

『気が急いているのは、竜崎に会いに行くからだろう』

「馬鹿な」

何を考えているんだ、とまたも俺は吐き捨てるようにそう言ったのだが、そのとき自分の頰がやたらと熱くなっていることに、気づかぬままでいることはさすがにできなかった。

7

タクシーの運転手は「歌舞伎町」と告げると、あからさまに嫌な顔をしたが、どんな近距離だろうと今の俺に徒歩は無理だった。

消耗しきった身体は、タクシーのシートに一日腰をかけるともう動き出すのが億劫《おっくう》なほどだったが、車はあっという間に『オンリー・ユー』の前に到着してしまい、俺は気力を振り絞ると運転手に金を払い車の外へと出た。

深夜の歌舞伎町は喧騒に満ちていた。新宿随一と言われるホストクラブもきらびやかなネオンに照らされている。

水商売風の女性が二人、店への階段を下りて行くのを見送ったあと、暫くして俺も階段を下り、店の入り口へと向かった。

「いらっしゃいませ」

ドアを開いた途端、明るい声で迎えられたが、入り口のところにいた若いホストは、男一人で店を訪れた客に一瞬訝《いぶか》しげな顔になった。

「いらっしゃいませ。初めてでいらっしゃいますか？」

それでも客商売、すぐに笑顔になると俺のすぐ近くまで歩み寄ってきた。

「悪いが客じゃないんだ」

一瞬警察手帳を見せようかな、と思ったが、見せずに済むのならそれに越したことはない。

相手の出方を待とうと答えた俺に、若いホストはあからさまに不審そうな顔になった。

「もしかしてホスト志望者？　それなら昼間、電話を入れてから…」

「いや、そうじゃない。竜崎の友人だ」

面倒くさそうに説明を始めた彼は、俺の言葉に驚いた顔になった。

「映さんのお友達ですか」

「ああ、ちょっと呼び出してもらえないか？　吉井が来ていると」

「吉井さんですね。わかりました」

若いホストは軽く頭を下げると、フロア目指して駆けていった。去り際ちらと俺を見やった彼の目にはまだ不審そうな色があったが、俺が本当に竜崎の友人であった場合、失礼があってはマズいと先に確認に走ったようだ。

竜崎はさぞ驚くだろうと思いながら待つこと一分余り、

「やあ、来たね」

満面に笑みを浮かべた竜崎が通路に姿を現したのに、まさかそうくるとは思っていなかった俺のほうが驚き、言葉を失ってしまった。

「どうぞ中へ、と言いたいが、やかましくて話もできない。ちょっと外に出ようか」

にこにこ笑いながら竜崎が唖然としている俺の背に腕を回してくる。

「あ、ああ」

「ケン、悪いがちょっと外す。あとは適当に頼むよ」

竜崎を呼びにいった若いホストはケンというらしい。

「わかりました！」

ナンバーワンの指示なら従わざるを得ないとばかりに、直立不動になり返事をしたのに、竜崎は軽く片目を閉じて「よろしく」と笑うと、その笑みを俺へと向け囁いた。

「行こう」

「ああ」

表情も口調もこの上なく明るいものだったが、彼の目だけは笑っていなかった。背に回された手がすっと下がったかと思うと、がっちりと俺の腰を捉える。

店の階段を上り建物の外に出ると、竜崎は俺の腰を抱いたまま暫く無言で歩き続けたが、軽く周囲を見回したあと「来い」と俺に低く告げ、狭い路地へと足を踏み入れていった。

「お前に対する認識が甘すぎたようだ」

周囲が無人であることを確かめると、竜崎は彼に続いた俺を振り返った。

「北川はどうした。どうやって逃げ出した？」

「それより、聞きたいことがある」

じろり、と睨んできた竜崎を真っ直ぐに見返し、俺も自分の知りたいという欲求を満たすべく口を開く。

「なんだ」

竜崎にとっては、北川の所在や俺の逃走方法はそれほど知りたいと思う事柄ではなかったのか、あっさりと俺の問いに答えようとする姿勢を見せ、俺をじっと見下ろしてきた。

「晴海埠頭の覚醒剤取引、あれにお前は関与しているのか」

「…………」

竜崎は一瞬、戸惑った顔になり、言葉を探すように黙り込んだ。

もしも彼が『関与している』と答えたら、俺は竜崎をこの場で逮捕するつもりだった。あの取引の場所と時間を知っていたのであるから、関与しているに違いないという思いはあった。が、実際彼が関与していたとすると、俺を捕らえた理由がわからないということに、俺は気づいたのだった。

手っ取り早い対応としては、俺の口を封じるという道があった。黒曜会の若頭と通じているのであれば、彼に手を下させればいい話である。命を奪うのではなく、見張れ、という指示を出したのはなぜか、そのことにも俺は疑問を覚えた。

そして『三日』という期限。三日だけ邪魔をするなという、その三日の間に彼は何をしようとしていたのか。

「吉井」

頭の中で疑問を再度組み立てていた俺の前で、竜崎がようやく口を開く。

「なんだ」

「俺も一つ聞きたい」

だが彼が発したのは俺の問いへの答えではなく、彼自身の問いだったことに、俺は身構え、更に厳しく彼を見据えた。

「なんだよ」

言いくるめようとしているのかもしれない——今まで何度となく問いをはぐらかされてきたことが俺を学習させていた。くだらないことを言い出したら、すぐ話題を戻そうと思っていた俺をじっと見据えながら竜崎が再び口を開く。

「どうしてお前は警察に知らせない？」

「え？」

竜崎は非常に真面目な顔をしていた。その疑問が彼にとって最大の謎であることは、その戸惑ったような口調からも、俺を見据える眼差しの真摯《しんし》さからも伝わってきた。

「普通は真っ先に警察に駆け込むんじゃないか？　覚醒剤取引しかり、拉致監禁の上、強姦されたことしかり……まあ、男には強姦罪が適用されないが、傷害罪くらいにはなるんだろう?」

「確かにそうだよな」

そのとおりだ、と頷いた俺に、それまで真剣そのものだった竜崎の瞳がふっと笑いに細まった。

「納得してどうする」

苦笑した竜崎の手が、俺の肩を摑む。思いもかけず、びく、と身体が震えてしまったことに動揺したのは俺だけでなく、竜崎もまたはっとして「失礼」とすぐにその手を引いた。

「……いや……」

頰に血が上ってくることにも、俺は一瞬動揺してしまったのだが、今はそんな場合じゃないと思い直し、竜崎を改めて見返した。

「お前は俺に三日待てと言った。その理由を知りたかった」

否、本当は俺はこう言いたかった。お前が覚醒剤取引には関与していないという言葉を聞きたいのだ、と。

多分俺はまだ心のどこかで信じているのだ。七年前、突然俺の前から姿を消した彼ではあったが、竜崎自身はかつての彼と変わってなどいないということを、信じている——というより、俺は信じたいに違いなかった。

「…………」

竜崎は暫くの間、また、言葉を探すようにして黙り込んだ。暗がりの中、彼の瞳の白目の部分がやたらと光って見える。澄んだ綺麗な瞳だった。二十歳を過ぎた男とは思えないほどの、青白いような澄んだ白目と黒目のコントラストに思わず見惚れてしまっていた俺の前から彼の瞳がふっと消えた。

「……三日後に必ず連絡を入れる」

瞳が消えたのは俯いたからだと気づいたとき、竜崎がぼそりとそう告げた。

「……え?」

その言葉を聞き返そうとした俺は、不意に顔を近づけてきた竜崎に唇を塞がれ口を閉ざした。

「黒曜会の覚醒剤取引を、三日後、必ずお前にリークする」

竜崎の唇は一瞬で退いていき、唇と共に彼もまた俺から一歩ずつ離れていった。

「約束する。それじゃあ」

にっと目を細めて微笑むと、竜崎が踵を返し路地を駆け出してゆく。茫然と彼の後ろ姿を見やっていた俺は、ふと、自分が彼の唇が触れた唇を指先でなぞっていたことに気づいた。

「………」

慌てて手を下げ、唇を噛む。結局彼からは何一つ実のあることを聞き出せなかったじゃないか、と己の不甲斐《ふがい》なさに溜め息をつきながら、俺もまた路地を抜け、歌舞伎町の街を靖国《やすくに》通り目指して歩き始めた。

どうするか、という言葉が頭の中で渦巻いている。迷っているようでいて実は竜崎の言う『三日後』を待つつもりであることは、自分のことだけに俺が一番よくわかっていた。

騙されているのかもしれないとは勿論思っていた。三日という時間は、竜崎と黒曜会が覚醒剤取引の証拠をすべて闇に葬るのに必要な日数ではないのかという考えもないではなかった。

馬鹿正直に三日を待つうちに、竜崎は歌舞伎町から姿を消す恐れだって充分ある。

そう、七年前、彼が突然俺の前から姿を消してしまったように――という恐れも充分あったが、それでも俺は今夜はこのまま家に戻ろうと心を決めていた。

警察やマル暴の同僚に連絡を取らないのは、携帯が見つからなかったからではない。三日待つと決心した、そのためだった。

そして三日待つのは竜崎の『必ずお前にリークする』という言葉に心動かされたからでもない。竜崎はそう言うことで俺が手柄を期待するのではと、それこそ『期待』したのかもしれないが、リークなど持ち出すことはなかったのだ、と俺はまた一人大きく溜め息をついた。

刑事として甘すぎるとは思う。今まで彼の家で何をされていたか、忘れたのかと呆れもしていた。俺にとって覚醒剤犯罪は何より憎むべきものなのに、関与している可能性のある男の言葉を信じようとしている、馬鹿馬鹿しいにもほどがある、と己を責める気持ちもあった。

だが――。

『そういう意味では俺もあの頃と変わってない』

竜崎の声があまりに鮮やかに俺の耳に蘇り、七年前の彼の微笑みが今現在の彼の顔に重なって見える。

高校時代、俺にとって竜崎はどういう存在だったのか——あの頃、俺は少しもわかっていなかった。

彼が俺の前からなんの言葉も残さず消えてしまったとき、ショックを覚えたのはなぜなのか、当時は深く考えもしなかった。

親友だと思っていたのは自分だけだったのかという寂しさだけだと思っていた。だがもしかしたら、もう既にその頃俺は——。

「………」

その先を考える勇気は、俺の持ち得ぬものだった。三日後、すべての答えが出る。それまで保留だ、と俺は自らの思考を打ち切ると、自宅に戻るべくタクシーを求め靖国通りへと向かっていった。

翌日、署に出た俺は佐藤から大目玉を食らった。

「イマドキの学生じゃあるまいし、メールで『休みます』じゃねえだろ」

課長には佐藤が上手くフォローしてくれていたため、いきなりの俺の有休が問題になることはなく、俺は彼に謝罪と礼を込めて昼食を奢《おご》ることとなった。

「何があったんだよ」

ここで奢れ、と佐藤は署の連中が滅多に近寄らないような高級な喫茶店に俺を連れて行くと、彼には似合わないクロックムッシュなるパン食を注文したあと、しつこく俺を追及してきた。

「体調が悪かったもんで……本当にすみません」

「確かに顔色は悪いし、目の下は凄いクマだし、その上動きにキレはない。だが体調が悪いってよりは、疲労困憊なんじゃねえの？」

「似たようなモンでしょう」

その差がわからない、と笑って流そうとした俺のところに、注文したクロックマダムがやってきた。

「へえ、こういう料理なんだ」

「女の好きそうなモンだよな」

彼の注文の品も同時にやってきたため、会話は暫しそちらへと逸れる。

「これっぽっちじゃ足りねえよ」

「この店指定したのは佐藤さんじゃないですか」

「ゆっくり話がしたかったんだよ。畜生、このあと牛丼屋でも行くかな」

軽口の応酬が始まったのに、これで佐藤も追及を諦めたかと俺は内心安堵の息を吐いたのだが、俺が考える以上に彼はしつこかった。

「女が好きそうな店はダメだな」

あっという間に食べ終わった皿を俺へと突き出してきながら、そう笑ったあと、ごく自然な口調で言葉を足したのだ。

「女か」

「え?」

何、と顔を上げたとき、佐藤の厳しい眼差しが注がれていることに気づき、俺は思わず息を呑んだ。

「昨日休んだ理由だよ。女絡みじゃねぇだろうな」

「女じゃありません」

男だ、と心の中で呟く自分に、何を一人でふざけているんだか、と俺は天を仰ぐ。

「まあ、お前のプライベートに立ち入る気はさらさらないが、最近はどうもうわっついているように見えて仕方ねえんだよな。恋でもしてんじゃねえかってさ」

「そんな、それこそ学生じゃないんですから」

恋、という言葉に酷くどきりとしてしまっていることを悟られまいとわざとふざけてみせた俺を、佐藤がじっと見据えてくる。

「愛でも恋でもいいが、情には流されるなよ」

「そんな、情に厚い人間じゃないですから」

　笑って首を横に振りはしたが、覚醒剤取引を知りながら口を閉ざしている今、まさに俺は『情に流されている』状態といえた。

　これで三日後、竜崎から連絡がなかったら、辞表を書くべきだろうか、などと考えていた俺の心を読んだかのように、佐藤が話を振ってくる。

「そういやお前、こないだ黒曜会のことを調べてたよな」

「調べてたっていうか、まあ、そうですね」

　刑事の勘だろうか、佐藤の勘のよさにほとほと感心していた俺だが、どうも彼は特別な意図なく話題を変えただけのようだった。

「資金源がわからんという話をしたの、覚えてるか？」

「勿論。代議士か何かだろうという読みでしたよね」

　そのとき佐藤と交わした会話を思い出しつつ答えた俺に、佐藤は「そうなんだ」とにやりと笑い、顔を近づけてきた。

「一課の俺の同期が二丁目の情報屋から仕入れた情報によると、どうも代議士でビンゴらしい。それもかなりの大物だそうだ。大臣経験者だとかなんとか」

「大臣？　そりゃ大物ですね」

へえ、と俺は素で感心し、目を見開いた。と同時に、なぜ一課が黒曜会を調べているのかと疑問を覚え、佐藤に尋ねる。

「黒曜会の組長の愛人が殺されたんだよ。最近ホスト遊びが激しかったそうでな、一課の見解は組長がカッとなって首を絞めたというモンだったんだが、任意同行で組長を引っ張ろうとしたら上から圧力がかかったらしい。それで情報屋に調べさせたんだそうだ」

「………」

思いもかけない話に、俺は茫然と聞き入ってしまっていた。組長の愛人というのは、竜崎が付き合っていたという女だろう。あの話は上手く収まったんじゃなかったのか、と動揺している俺に構わず、佐藤が話を続けてゆく。

「どこからの圧力なのか、推察もできないそうだ。敵が大きすぎると、刑事部長も署長も腰が引けているらしいが、一課の連中は、権力になど屈するものかと随分頑張っているらしいぜ」

「それは……頼もしいですね」

我ながら他人事《ひとごと》としか思えないコメントを返した俺を、佐藤は「お前なあ」とテーブル越しに手を伸ばしどやしつけてきたが、すぐに端整な眉を顰め、俺の顔を覗き込んだ。

「どうしたお前、真っ青だぞ？」

「……だから言ったでしょう。体調が悪いって」

冗談めかして笑いはしたが、頬がぴくぴくと痙攣しているのは、鏡を見ずともわかった。

竜崎が関係していた女が死んだ——竜崎は今、どういう気持ちでいるのだろう。

責任を感じていなければいいが、と心の中で溜め息をついた俺の頭に、竜崎の幻の顔が浮かぶ。沈痛そうなその顔は、俺が想像しただけのものだというのに、暫くの間頭から離れなかった。

長いようで短い三日が過ぎた。その間に黒曜会組長の愛人を殺した犯人が自首をしてきた。黒曜会のチンピラで、どうも身代わりくさいらしい。それでもあっという間に送致されてしまったのは、やはり上からの圧力が相当働いたようだと、佐藤が俺にこっそりと教えてくれた。

竜崎が三日待て、と言った三日が、間もなく過ぎようとしていた。午前零時になったとき、日付だけでいえば既に三日は過ぎたということだ、と俺は署の机で小さく溜め息をついた。

俺の電話は少しも鳴る気配がなかった。番号はそのままに、俺は携帯を新しく購入したのだが、竜崎からの連絡はあれから結局一度もなかった。

やはり単なる時間稼ぎだったのかもしれない——つけているだけのパソコンの画面をぼんやりと眺めながら、俺はまた小さく溜め息をつき、竜崎のことを思った。

果たして彼はまだ東京にいるのだろうか。この三日というもの、俺は一度も竜崎に連絡を取っていなかった。

多分俺は怖かったのだと思う。携帯や店に電話を入れることで、彼の不在が明らかになるのが怖かった。自分が誤った選択をしたか否か知るのを俺は、一日でも長引かせようとしていたのかもしれない。

そんなことを言うと、俺が端《はな》から竜崎を信用していなかったように思われるかもしれないが、実際のところ彼への信頼度は半々、というところだった。

信じたい気持ちはある。が、彼は七年もの間、交流のなかった男である。

何より七年前、俺に何も言わずに行方をくらましたという実績があるだけに、またも彼が何一つ手がかりを残さず俺の前から姿を消すという可能性がないとは、とても思えなかった。

だからその日、深夜一時を過ぎた頃に、竜崎が俺の携帯に電話をかけてきたとき、俺は驚きと安堵、両方の気持ちを抱きながら応対に出た。

「吉井だ」

『連絡が遅くなった。これから日本橋のマンダリンオリエンタルに来られるか?』

「え?」

どこから電話をしているのか、竜崎は酷くくぐもった声をしていた。口調もやたらと切羽詰まっている。

『できれば捜査員を五、六人連れてきてほしい。最上階の三十六階、プレデンシャルスイートで今、覚醒剤取引が行われている』

「なんだって?」

確かに彼は三日前『覚醒剤取引をリークする』と俺に言いはしたが、それにしてもあまりに唐突だと戸惑いの声を上げた俺に、

『すぐに動いてくれ。奴らがいつまでこのホテルにいるかわからない』

竜崎は部屋番号を告げると、俺の答えを待たずに電話を切ってしまった。

「もしもし? おい、竜崎?」

呼びかけたあと慌ててかけ直したが、留守番電話に繋がるばかりで彼は一向に出ない。どうするか、と俺は迷った末、佐藤の携帯を鳴らした。

『なんだとぉ?』

佐藤は既に就寝していたが、『すぐ行く』と慌てて署へとやってくると、俺とその夜宿直だった三田村《みたむら》という若手を連れ、パトカーで竜崎が指定したホテルへと向かった。

「事情を説明しろ」

車の中で佐藤に厳しく追及されたが、俺自身がわけがわからないのに、説明などできるわけもなかった。

「信頼できる情報筋からのリークです」

「信頼できる情報筋っていうのが誰かを俺は聞いてるんだ」

日頃ひょうひょうとしている佐藤にしては珍しく、語気荒く俺を問い詰めてくる。

「友人です。高校時代の」

その剣幕に押されたこともあり、また、隠しとおすことはできまいと諦めたこともあり、俺はぼそぼそと彼の問いに答え始めた。

「名前は？」

「竜崎です。竜崎尚哉。新宿でホストをしています」

「なんでホストが覚醒剤取引の情報を得たんだ？」

「……わかりません。ただ、その場所に行けという連絡をもらっただけなので…」

俺の答えに佐藤は呆れた顔になり、じろりと俺を睨みつけてきた。

「お前なあ。『わからない』ってなんだよ」

「…すみません」

睨まれるまでもなく、子供の使いではないのだから、と心の中で自らに突っ込みを入れつつ項垂《うなだ》れた俺の前で、佐藤は呆れているのがあからさまにわかるほどの大きな溜め息をついた。

「で、その情報はどれだけの信憑《しんぴょう》性があるんだ？」

「…………」

またも『わからない』と答えかけたが、そんな言葉を口にすれば今度こそ『馬鹿野郎』と怒鳴りつけられるのは必至だった。だが、『信憑性があります』と言いきるのもまた、自分がそこまで思っていないだけに問題である。どうするか、と言葉を探し黙り込んだ俺の耳にまた、佐藤の呆れた溜め息が響いた。

「とにかくお前の同級生を信じろ、ということか」

「……ええ、まあ」

曖昧に頷く俺に「お前なあ」と佐藤の怒声が飛ぶ。

「まさかお前も信じてねえなんて言うんじゃねえだろうな？」

なのに自分を呼び出したのか、という佐藤の怒りがわかった——からではなかった。

「いえ、信じています」

先輩刑事への手前言うしかなかった、というわけではなく、ごく自然にぽろりと、その言葉は俺の口をついて出て、誰より俺を驚かせた。

「…ならいい」

佐藤は一瞬何か言いかけたが、俺が茫然とした顔をしていたからか、ぼそっと一言そう言うと、ふいと俺から目を逸らせ車窓の風景を見始めた。俺もまた彼とは逆の車窓へと目をやり、窓ガラスにぼんやりと映る自分の顔を眺め始める。

なんだか俺は狐につままれたような顔をしていた。自分が竜崎を信じているという自覚は、思いの外俺を動揺させたようだ。

ようだ、などと他人事じゃないのだから、と苦笑したのに、ガラスに映る俺の唇が変に歪み、まるで泣いているような顔になった。

信じている、というよりは俺は、彼を信じたいと思っている。

そういうことなんだろうな、と今更のように自身の心を悟った俺の唇がまた自嘲に歪む。ガラスに映る己の顔が、ますます泣き顔のように見えてくるのに、一体どうしたことかと思う俺の目の奥が熱くなった。

信じたい――俺はお前を、信じていたい。

心の中で呟く俺の脳裏に、竜崎の端整な顔が蘇る。果たして今彼はどこにいるのか――俺たちが一路向かっているホテルにいるのか、そしてそのホテルでは彼のリークどおり覚醒剤取引が行われているのか。

数十分後にはその全てが明らかになると拳を握り締める俺の耳に、幻の竜崎の声が蘇る。

『俺は変わらないよ』

彼が変わったか否かも、数十分後には明らかになるのだ、と頷く俺の顔がガラスに映っている。

その顔が泣き顔ではなく、これから真実を見極めに行く刑事としての厳しさを取り戻していることが我ながら頼もしく、よし、と俺は一人拳を握り己にカツを入れると、これからの段取りをあれこれと考え始めた。

　ホテルに到着すると俺たちはまずフロントに出向き、竜崎が教えてくれた部屋が今使われているかを確かめた。

「はい、ご予約いただいております」

「予約したのは誰だ？」

「それが……」

　フロントマンが言うには、その部屋はある企業の秘書部から予約が入ったそうなのだが、実際に現れたのはどう見ても暴力団関係者のようだったそうである。

「間違いなさそうだな」

　そう頷いた佐藤の決断は早かった。すぐに課長に連絡を入れ、ホテルの周囲に非常網を張る手配をしたあと、フロントマンに部屋のキーを求めた。

「お前の友達はいたか？」

　佐藤がフロントマンに部屋の場所を確かめている間、俺はこっそりとロビーを見回していたのだが、さすがといおうか彼は気づいていたらしく、エレベーターで俺にそう問いかけてきた。

「ロビーにはいなかったようです」

「もう少し詳しい情報が欲しいもんだぜ。取引しているのは誰かとか、奴らは拳銃を持っているのかいないのか、とかよ」

首を竦めて答えた俺に、佐藤は冗談なんだか本気なんだかわからない口調でそう言うと、きゅっと唇を引き結び、上着の上から肩のあたりを押さえた。

「………」

俺もまた、上着の上から肩の辺りを――ホルスターに入った拳銃を押さえる。

と、そのときエレベーターが三十六階へと到着した。深夜二時近くともなると、ホテルの廊下はしんとして出歩く者もいない。

自然と俺たちも忍び足になり、そろそろと部屋へと近づいてゆく。カードキーは借りてきたが、チェーンでもかかっていたら面倒だ、と思っていた俺の前で佐藤がカードキーを突き刺し、そっと抜いた。

かち、と表示ランプが緑になり、鍵が開いたことを知らせている。佐藤がぐっとドアノブを握り、勢いよく室内へと駆け込んでゆく。その後ろに三田村と共に続く俺の耳に、

「何事だ?」

「てめえ、誰だ??」

などと叫ぶ男たちの声が響いた。

「警察だ！　静かにしろ！」

あっという間に俺たちを囲んだのは、どう見ても暴力団関係者としか思えない連中だった。

佐藤が手帳を示したのに、彼らの間にどよめきが走る。

「なんだって警察が？」

ざわつくチンピラたちの中には、見覚えのある顔があった。黒曜会のチンピラだと察したとき、俺はこの場で覚醒剤取引が行われていることを確信した。

「佐藤さん、こいつら、黒曜会です」

佐藤に告げたあと、室内を見渡し、取引ができそうな場所を探す。次の間にはチンピラしかいないようである。ということは、と俺は寝室へと続くと思われるドアめがけて駆け出した。

「吉井！」

「てめえ、なにしやがる」

驚いた様子の佐藤の声と、ここは通すまいと俺の前に立ち塞がるチンピラの声が重なった。

「うるさい！　道をあけろ！」

俺もチンピラを怒鳴り返し、彼らをかきわけるようにして寝室へと向かい勢いよくドアを開く。

「なんだね、君は！」

広々とした寝室の、二つ並んだ大きなベッドの横、小ぶりの応接セットにいた年配の男が三人、ぎょっとしたように立ち上がった。

「警察です。この部屋で覚醒剤取引が行われているという通報がありまして」

俺の後ろから部屋に駆け込んできた佐藤が、手帳を示しながら彼らへと近づいてゆく。

「覚醒剤取引？　馬鹿馬鹿しいことを言うな」

最初に怒声を張り上げた男の顔には、俺も見覚えがあった。国会議員、しかも二期ほど前に大臣を務めていた斎藤俊介《さいとうしゅんすけ》じゃないか、と驚いているのは俺だけじゃなく、佐藤の顔にも動揺が走る。

「誰の許可を得てこの部屋に入った？　即刻出て行きたまえ！」

恫喝《どうかつ》というにふさわしい迫力ある怒声に、さすがの佐藤も怯み足を止めたそのとき、

「なんだ、てめえ」

「おい、どこへ行く気だ」

俺たちが突っ切ってきた次の間からチンピラたちのどよめく声が響いてきて、皆の意識がそちらへと逸れた。

「今度はなんだ？　なんでもいいが早急に出て行きなさい」

斎藤がまた怒声を張り上げる中、一人の男がドアから姿を表した。

「あ」

俺の口から驚きの声が漏れる。

「申し訳ないが、出てゆくわけにはいかないんですよ。ね、斎藤さん」

ざわつく室内に颯爽《さっそう》と現れ、にっと笑ってみせたのはなんと、リーク電話をかけてきた竜崎

その人だった。

それまでの怒りはどこへやら、驚愕に目を見開いている斎藤へと竜崎が足早に近づいてゆく。

「金とブツはここにある。これぞ覚醒剤取引の現行犯ではありませんか」

なぜか竜崎を止める者は誰もおらず、応接セットまで彼は易々《やすやす》と近づいてゆくと、床の上からアタッシュケースを二つ取り上げ、テーブルの上に置いた。

「吉井、開けてみろよ」

その様子を茫然と見守っていた俺に、竜崎が晴れやかな笑顔を向けてくる。

一体何が起こっているのか、まるでわけがわからないと、俺はただ、見惚れるほどに美しい竜崎の笑顔を見つめることしかできないでいた。

8

間もなく応援部隊と共に四課長が駆けつけてきて、室内にいた斎藤代議士と、この部屋を提供したＹ通商の川上《かわかみ》社長、それに菱沼組系二次団体『黒曜会』の渡辺《わたなべ》組長は覚醒剤取締法違反で現行犯逮捕された。

チンピラたちも次々と引き立てられていくのを俺はただ茫然と眺めていたのだったが、部屋を出しなに喜色満面の課長が「よくやった」と肩を叩いてきたのに恐縮し頭を下げた。

これは俺の手柄ではない。竜崎の手柄だ。だがその竜崎は一連の逮捕劇が始まると、いつのまにか姿をくらましてしまっていた。

「それにしても、わけがわからない」

佐藤が溜め息をつくとおり、俺もこのあっけない幕切れに半ば茫然としていた。

「奴ら、もっと粘るかと思ったが、案外大人しく逮捕されたな」

「本当にそうですね」

金も覚醒剤も室内にはあったが、最初俺たちが部屋に踏み込んだとき、代議士の斎藤はそれでいて尚、この場を収めようとしていた。が、竜崎の姿を認めた途端、なぜか大人しくなったのだった。

「お前の友達は、斎藤のよっぽどの弱味を握ってたんじゃねえのかな」

「……そうですね……」

竜崎を見たときの斎藤の驚愕しきった顔を思い出し、頷いた俺の肩をぽん、と佐藤が叩いた。

「俺たちも戻ろう」

「はい」

佐藤に続き俺もホテルの部屋を出ようとしたとき、ポケットの携帯が着信に震えた。

「すみません」

もしや、という予感は当たった。ディスプレイに浮かぶ『竜崎』の名に、俺は佐藤に声をかけたあと急いで応対に出た。

「もしもし？」

『俺だ。今から会えないか？』

「え？」

どうしよう、と俺はじっと俺の様子を窺っている佐藤をちらと見たが、自分が迷ってなどいないことはよくわかっていた。

『大丈夫そうなら部屋に来てくれ。このホテルの二十八階だ』

部屋番号を告げた竜崎は、俺が「わかった」と、行くのか行かないのか定かではない返事を聞いただけで電話を切った。

「どうした」

俺が電話を切るのを待っていた佐藤が顔を覗き込んでくる。

「……申し訳ないんですが、ちょっとこのあと抜けたいんですが」

「今からか？」

佐藤が大声を上げるほどに驚くのも無理のない話で、今ごろ署ではこの大掛かりな覚醒剤取引摘発で上を下への大騒ぎになっているに違いなかった。

マスコミへの対応だけでも一苦労と思われるこの忙しい状況下、私用で一人抜けるなどあり得ない――とは、俺も充分承知していたが、それでも竜崎から事情を聞き出したいという欲求を抑えることができなかったのだ。

「はい」

きっぱりと頷いた俺を、佐藤はまじまじと、それこそ穴の開くほど見つめていたが、やがて肩を竦め「わかった」と頷いた。

「課長には上手く言っておいてやる。が、用事が済んだらすぐ戻れよ」

にっと笑いながら片目を瞑《つぶ》ってみせると、佐藤が先に部屋を出てゆく。

「ありがとうございます」

その背を深く頭を下げて見送ったあと、俺も部屋を出てエレベーターへと向かった。

二十八階に降り立ち、指定された部屋番号を探す。竜崎は俺に何を話そうとしているのか。それも知りたかったが、俺自身も彼には山のように聞きたいことがあった。

ドアチャイムを鳴らすとすぐチェーンが外れる音がし、ドアが内側に開いた。

「やあ」

上着を脱いだだけで、タイも緩めていない服装の竜崎が、笑顔で俺を迎え入れる。

「何か飲むか？　ビールか、ワインか。ウイスキーでもいい」

「いや、勤務中だ」

彼の部屋は広めのツインだった。チェックインしたばかりなのか、寝た気配のないベッドが二つ並んでいる。その風景になぜかドキリとしてしまう自分を持て余すあまり、ぶっきらぼうに答えた俺を、先に立っていた竜崎が振り返った。

「なんだ、このあと署に戻るつもりなのか」

「当然だ。あれだけの大捕物のあとだ。こうして抜けるのだって大変だったんだ」

不満そうに鼻を鳴らした竜崎を、俺はじろりと睨みつける。

「まあ、それはそうだな」

その大捕物のきっかけとなったのが自分であるからか、竜崎はすぐに納得すると、「座ろう」と俺をソファへと導いた。

「俺は勤務中じゃないから、飲ませてもらうよ」

そう言い竜崎は部屋に備え付けの冷蔵庫へと向かうと、缶ビールとミネラルウォーターのペットボトルを手に戻ってきた。

「ほら」

「どうも」

差し出されたペットボトルを大人しく受け取り、キャップを開ける。ごくごくと一気に水を飲み干す俺を竜崎は暫く見ていたが、やがて彼も缶ビールのプルトップを上げ、一気に呷ったあと、おもむろに口を開いた。

「まずは俺の頼みを聞き入れてくれたことに――三日待ってくれたことに礼を言う」

「………」

飲み干したペットボトルをテーブルに置き、俺は正面に座る竜崎をまじまじと見やった。

「なに？」

竜崎もまた缶ビールをテーブルに下ろし、じっと俺を見返してくる。

「聞きたいことが山のようにある」

「そりゃそうだろう」

俺の言葉に竜崎はぷっと吹き出し、ソファの背もたれに身体を預けるほど深く座り直すと、足を組んで酷くリラックスした格好になった。

「笑うなよ」

一連の動作が俺を馬鹿にしているように思え、むっとして睨むと、竜崎は「悪い」と一応の謝罪の言葉を口にはしたが、顔は笑ったままだった。

「お前の聞きたいことは想像つくよ。なぜ俺が今夜の覚醒剤取引を知り得たか。しかも斎藤代議士と黒曜会の渡辺組長というトップ同士の取引だ。極秘中の極秘事項であろうに、それを一《いっ》介《かい》のホストが突き止めた理由を知りたい——そうじゃないか?」

「そこまでわかっているなら説明してくれ」

俺の言葉に竜崎はまた「そうだよな」と笑ったあと、身を乗り出しテーブルに下ろした缶ビールを取り上げ一口飲んだ。

「簡単な話だ。この取引を仕組んだのが俺だったというわけさ」

「なんだって?」

思いもかけない言葉に驚いたあとは、てっきりからかわれたのかと思った。

「ふざけるなよな?」

じろりと竜崎を睨みつけると、竜崎は「本当さ」と頷き、またビールを一口飲む。

「正確には俺と北川が仕組んだ。覚醒剤輸入の新規ルートの開拓を機に、トップ三人で決起大会をやろうと——仕込みは大変だったが、北川が奔走してくれたおかげで予定どおりことが運んだ。それが今夜だったというわけさ」

「貿易会社を巻き込んでの大量輸入か」

「ああ、末端価格にして二億から三億の覚醒剤が船がつくたびに歌舞伎町に流れることになるところだった。未然に防げて俺もほっとしたよ」

「…………」

にっこりと竜崎が目を細めて微笑み、もう飲み干してしまったのか、ビールの缶をテーブルへと戻す。優雅な仕草に思わず見惚れてしまいそうになりながらも、それでもわけがわからない、と俺は問いを発した。

「北川は黒曜会の若頭なんだろう？　組長を逮捕させる仕込みになぜ協力したんだ？」

「北川はああ見えて昔気質《かたぎ》の、一本芯の通った極道でね。覚醒剤で利潤を得ようとする今の組長のやり方に反発を覚えていた。覚醒剤に手を出すのはヤクザのクズなんだそうだ。資金は潤《じゅん》沢《たく》になったが、組の性根が腐ってきている、それを一から立て直したいということで、俺の申し出を受けたのさ」

「お前の申し出というのは？」

なんだ、と問いかけた俺に、竜崎はまたにっこりと微笑みながら身を乗り出し、囁くような声でこう告げた。

「覚醒剤取引で同じく利潤を得ている斎藤代議士と渡辺組長、同時に法的制裁を与えて世間から抹殺《まっさつ》してやろう――それが俺の北川への申し出だった」

「……よくわからない。どうしてお前がそんなことを？」

俺たち以外に室内には誰もいないのだから、声を潜める必要はないというのに、俺も竜崎につられて彼へと身を乗り出し、ぼそぼそと問いかけていたのだが、返ってきた竜崎の答えには驚き、思わず大きな声を上げてしまった。

「北川が任俠《にんきょう》の精神から渡辺組長を許せなかったように、俺も斎藤代議士を長年許せないと思い続けてきた。なんとか彼の悪事の尻尾を摑んでやりたいと、ここ数年、密かに彼を追い続けていたんだ」

「なんだって？　どうしてまた…」

驚きと戸惑いが交差する。なぜに彼はよりにもよって斎藤代議士をターゲットにしたのか、それも数年にもわたって、と首を傾げた俺に竜崎は更に俺を驚愕させる言葉を告げた。

「斎藤が俺の親父だったからさ」

「ええ？」

またも大声を上げた俺に、竜崎がいつもの彼の、優しげに目を細めるあの微笑みを浮かべてみせる。

「斎藤俊介は俺の親父だ。父は死んだわけじゃなかった。俺の母親は彼の愛人だったんだよ」

「………」

微笑んではいたが、彼の目は酷く潤んでいるように見えた。あまりの意外さに言葉を失っていた俺の前で、竜崎はぽつぽつと、彼がいかにして斎藤を父と知ったのかを話し始めた。

「大学一年のときに、母が癌で亡くなった話は前にしただろう？　母は俺の行く末を心配し、父親に——斎藤に連絡を取ったんだ。自分が死んだあとは俺を頼むと。母は斎藤に認知を求めなかった。子供ができたとわかったとき何も言わずに身を引いたんだ。だからか斎藤は母に、『俺の子かわかりもしない子供の面倒は見れない』ときっぱり断ったのだそうだ。それらのことはすべて、母が亡くなったあとに母の残した日記から知ったのだけれどね。悲嘆に暮れたまま亡くなった母が哀れで仕方なかったよ」

「……酷い話だ」

「だろう？」

憤りから思わず打った俺の相槌に、竜崎は苦笑するように笑って答えると、再び口を開いた。

「母には断ったくせに、母が亡くなると斎藤は直接俺にコンタクトを取ってきた。奴は正妻との間に子供ができなくてね、それで俺を引き取りたいというんだ。学歴やら評判やらを気に入ったとのことで、認知はできないがそのうち養子縁組をするなどとふざけたことを言い出した。経歴にハクをつけろとハーバードへの留学も勝手に手続きを済ませた。大学を卒業したあとには自分の秘書になれと、俺に奴の敷いたレールを進めと強要するんだ。冗談じゃないと思った。身勝手にもほどがあると怒りまくった。それで姿を消すことにした。同時に俺は奴の——親父の絶対望まぬ方向に生き方のベクトルを変えた。決して跡取りになどしたくないと思うよう、親父が眉を顰める商売につこうとね」

「……それがホストか」

確かに水商売には眉を顰める人間も多い。なるほど、と相槌を打った俺に、竜崎もまた笑みを返した。

「ああ、ホストも立派な職業だけどね」

「……七年前、そんなことがあったとは……」

まるで知らなかった、と俺は改めて目の前の竜崎を見やった。彼の母親の死も知らなければ、突然現れた父親にそんな、理不尽な仕打ちをされかけていたことも知らなかった。あの頃、俺も俺なりに母の看病で大変な時期ではあったけれど、俺と同じく、否、俺以上に彼も苦しんでいたのかと思うと、知らなかったとはいえ何もできずにいたことがなんというか——切なかった。

「……七年前、友人知人、かかわりのあったあらゆる人たちとの繋がりを断ったのは、親父に居所を悟られないためでもあったけれど、同時に俺という存在をできることなら抹消してしまいたかったからでもあった。俺の身体の中に、あんな横暴な親父の血が流れていると思うとそれだけで自分を許せない気がした。それこそ自棄になり、堕《お》ちるところまで堕ちてやると思って、実際、人としてどうなのかと思うようなことも数多くやってきたよ」

竜崎が微笑んだまま、とつとつと話を続けてゆく。彼にとっての七年間は、決して楽なものではない、苦悩に満ち溢れた歳月だったのかと思うと、それもまたやるせなかった。

「……そうだったのか」

だが俺の口をついて出たのは、そんな、まるで何も考えていないかのような相槌だった。彼を慰めたいのに、上手い言葉が出てこない。もっと気の利いた台詞があるだろうに、と唇を噛んだ俺の前で、竜崎はくす、と笑いを漏らすと、改めて俺を真っ直ぐに見やった。

「信じてもらえないかもしれないけれど、お前のことは時々思い出していたよ。会いたいなとも思っていた」

「………」

どきり、と胸の鼓動が高鳴り、じんわりと頰に血が上ってくる。『信じてもらえないかもしれない』と竜崎が言うように、信じられないという思いが俺の胸には溢れてはいたが、それは不信感からではなく、どちらかというと期待に満ちた思いだった。

「堕落しきった自分の姿を、お前の前に晒《さら》す勇気はどうしてもでなかった。お前にとっての俺は七年前の——高校生の頃の俺でい続けて欲しかった。お前の胸の中で俺は、綺麗な思い出として生きている、そのほうがお互いのためだと、会いたいと思う気持ちを封印してきた。お前が俺のことを覚えているかどうかもわからないというのに、一人で何を気取っていたんだかと、今となっては笑える話だが」

「いや……」

笑える話ではなかった。俺もまた、七年前からずっとお前に会いたかったと告げようとした俺の言葉にかぶせ、竜崎がまた彼の空白の七年間へと話を戻していった。

「斎藤はすぐに俺の行方を突き止めたが、身を持ち崩した俺を見て跡継ぎにすることは諦めたらしい。今度は俺に多額の金を渡し、口止めしてきた。自分とかかわりがあるなどとは一切口外するなとね。ヤクザまで脅しに出てきたのには驚いた。随分と羽振りはいいが裏では相当汚いことをやっているなと気づいてね、それで探り始めた。なんとか奴の尻尾を掴めないかとね」

七年もの年月をかけて竜崎は、自分の父親の悪事を探ってきた。亡くなった母親への仕打ちが許せなくもあったろう。だが、彼をそこまで駆り立てたのは、持ち前の正義感ではないかと思う。清廉潔白が求められる政治の世界にいる父親が、決して許されるべきではない悪事に手を染めている。血の繋がりがあるだけに彼は他人に増してそのことが許せなかったのではないかと思いながら俺は彼に話の続きを促そうと言葉を挟んだ。

「それで、覚醒剤取引の尻尾を掴んだ?」

「ああ、そうだ。運のいいことに黒曜会の組長の愛人が客として俺の前に現れた。彼女からさりげなく組の内情を聞きだし、組長と若頭の北川が最近うまくいってないという情報を得た。余所《よそ》でもその噂は聞こえてきていたからね、それで北川にコンタクトを取った。二人して力を合わせ、渡辺組長と斎藤代議士、二人をまとめて始末しようと。北川も最初はなかなか俺を信用しなかったが、渡辺組長には相当キレていたから俺の誘いに乗った。が、北川が急に態度を軟化させたのを訝り、渡辺組長が彼を試そうとした。それがあの、俺への報復だったわけさ」

「え？」

どういうことだ、と眉を顰めた俺に、「ほら」と竜崎が思い出させようとする。

「自分の愛人が入れ込んでいるホストの始末だよ。渡辺は俺が斎藤の息子であるということまでは知らなかったようだが、北川と通じているんじゃないかという疑いは持っていたらしい。一発や二発殴られるのはかまやしないが、それじゃあ渡辺は納得すまい。とはいえ、指を落とすのも勘弁だと、もう困り果ててね、それでお前のことを思い出した」

「俺？」

いきなりそこで自分が登場してきたことに戸惑いの声を上げた俺に、竜崎が大きく頷いてみせる。

「マル暴の刑事が仲裁に入れば、場は丸く収まる——お前を巻き込みたくはなかったが、それしか方法がなかったんだ」

「ちょっと待て、お前は最初から知ってたのか？　俺が刑事だってことを」

クラス会での再会は偶然ではなかったのか、と驚きのあまり口を挟むと、

「ああ。知ってた」

竜崎はさも当然のように頷き、またも俺を驚かせた。

「どうして？」

「言ったろう？　お前に会いたいと思っていたと。お前のことはずっと気にかけていた。会う勇気はなかったが、どこで何をしているのかは知っておきたかった……こんなことを言うとストーカーかと思われそうだが」

「ふざけるなよ」

冗談めかして笑う竜崎に、思わず厳しい声を上げてしまったのは、多分――照れてしまったからだと思う。

俺をずっと気にかけていたと竜崎は言った。この七年、俺が彼を忘れたことがなかったように、彼もまた俺を忘れてはいなかったのだと知ったとき、素直に嬉しいという気持ちが溢れてくるのを俺は抑えることができず、そんな自分に酷く照れてしまったのだった。

「ふざけてない。本当だよ」

その上竜崎に真顔でそんなことを言われては、ますます俺は照れてしまって、カッと頬に血が上ってくるのを悟られまいと、ぶっきらぼうに話の先を促した。

「それで、クラス会で俺に近づいたんだ」

「そうだ。苦肉の策とはいえ、お前を巻き込むのはどうかと随分俺も逡　巡《しゅんじゅん》したが、他に方法がなかった。実際お前の念書のおかげで渡辺の北川への疑いは晴れ、俺たちが時間をかけて進めてきた、トップを一堂に会させるという計画は実現の目処《めど》が立った。やれやれ、とほっとしているところに、お前が覚醒剤取引の現場に突然姿を現した。今お前に騒がれては全てが水泡に帰すと、それでお前を拉致監禁しようとした」

逃げられたがね、と苦笑した竜崎に、そういうことだったのか、と俺は納得したものの、まだわからないことがある、と竜崎を見た。

「なに？」

竜崎がまた深く椅子に座り直すと、なんでも聞け、とばかりに微笑んでみせる。

「……いや……」

拉致監禁した理由はわかった。だが、その場で——そして、北川との仲裁をしたその夜、なぜ彼は俺を抱いたのか、その理由を聞きたかったが、どう聞けばいいのかと、俺は逡巡してしまっていた。

なのでその問いは後回しにすることにし、いくつか確認したいことを先に問い始めた。

「斎藤が観念したのは、お前の策略に気づいたからか」

「観念というか、驚いたんだろう。存在も忘れていた実の息子に嵌《は》められるとは、さすがの奴も読めなかったからじゃないのかな」

「…………」

竜崎は笑っていたが、彼の笑顔には憂いの影があった。斎藤は竜崎の言うように単に『驚いた』のではなく、実の息子に己の犯罪を暴《あば》かれたことにショックを受けたのではないかと思う。

そして竜崎もまた、実の父を犯罪者として警察に引き渡すことに、今、ショックを覚えているのではないだろうかと、俺はどこかいたましさを感じさせる竜崎の笑顔を前に、そんなことを考えていた。

「他に聞きたいことはないのか?」

黙り込んだ俺に、竜崎が静かな口調で声をかけてくる。

「……ああ……」

頷きはしたが、やはりそれを言葉に乗せるのは難しく、俯いた俺の耳に、くすりと笑う竜崎の声が響いた。

「俺は聞いてほしいんだが」

「……え?」

何を、と顔を上げた俺の目を真っ直ぐに見据え、竜崎が形のいい唇を開く。

「『どうして俺を抱いたんだ』――山のような言い訳を用意しているのに、なぜお前は聞いてくれない?」

「お前なあっ」

カッと頭に血が上ってしまったのは、竜崎の言葉がどこかふざけた響きを湛えていたからだった。立ち上がった俺とほぼ同時に竜崎も立ち上がり、思わず出てしまった拳を彼の掌が受け止める。

「冗談はよせ」

俺の拳を握ったまま小さなテーブルを回り込み、俺の前に立った竜崎に抱き寄せられそうになり、身体を捩ったところを不意に彼に抱き上げられた。

「おいっ」

「冗談なんかじゃない。頼むから俺の話を聞いてほしい」

俺が暴れるのをものともせず竜崎は俺をベッドまで運ぶと、それは丁寧な仕草でシーツの上へと下ろし、そのまま俺の上に圧し掛かってきた。

「放せよ。何をする気だ？」

両手を頭の上で押さえ込まれ、身動きが取れないでいる俺の顔に、竜崎の端整な顔が近づいてくる。

「最終的にはセックスだが、今は話がしたい」

「何がセックスだ！　放せっ」

まだふざける気か、と睨んだ竜崎の顔は、少しもふざけてなどいなかった。ふざけるどころか、やたらと真摯に見える瞳の輝きに目を奪われいつしか抵抗をやめていた俺に、竜崎はよかった、というように目を細めて微笑むと、静かな口調で話し始めた。

「高校時代から俺はお前が好きだった。自分の思いが友情の範疇を越えているという自覚はあったが、打ち明ければお前を失うかもしれないと思うと、その勇気は出なかった」

「…………」

そうだったのか、と俺は心の中で素直に頷いていた。拉致監禁されたとき、激情のままに竜崎が叫んだ言葉は、彼の本心を物語っていたわけだ、と納得しながら俺は、どうしてこうも冷静でいられるのだろうと、そのことのほうに驚いてしまっていた。

竜崎が俺に対し抱いていた気持ちは友情ではなかったと聞かされても、裏切られたという思いは少しも芽生えてこず、さも当然のようにその事実を受け止めている己の気持ちが一体どこにあるのか——俺自身にも薄々わかり始めていたのかもしれない。

「二度とお前に会うつもりはなかったが、やむにやまれぬ事情でお前の手を借りなければならなくなった。再会した途端、一気に七年前の気持ちが蘇ってくるのを、抑えることができなかった。必死に理性を働かせたものの、お前が今の俺を目の前にしながら七年前の俺を懐かしんでいるのを見ると、もう、我慢がきかなくなった。俺はもう昔の俺じゃない、今の俺を見てほしい——激情のままに抱いてしまったあと、俺は必死で辻褄《つじつま》合わせの言い訳を考えた。こんな目に遭えばお前は俺と二度とかかわりを持つまいと思うだろう、とね。そしてあの夜を最後の思い出に、またお前を陰ながら見守る生活に戻ろうとしていたんだ。だが……」

「……俺がのこのこ、覚醒剤取引の現場にやってきた」

「『のこのこ』とは言わないが」

口を挟んだ俺に、竜崎は苦笑したあと、ふと真剣な顔になりじっと俺を見下ろしてきた。

「俺もお前に聞きたいことがあった」

「なんだ？」

彼の問いは九割方予測できた。答えももう、俺の頭の中に用意されていた。多分こう聞くだろうな、と思う俺の予想を外すことなく、竜崎は俺をその黒い綺麗な瞳で見つめたまま、『聞きたいこと』を尋ねてきた。

「どうしてお前は、あのとき俺に抱かれた？」

「わからないが、多分……」

用意していた答えとはいえ、実際口にしようとすると酷く照れてしまい言葉を切った俺に、竜崎が「多分？」と問い返してくる。

「多分、抱かれてもいいと……いや、俺も抱かれたいと思っていたんじゃないかな」

「吉井」

俺の答えは竜崎の予想とは違うものだったようだ。心底驚いたように目を見開いている彼に俺は、これが偽《いつわ》らざる俺の胸の内だという言葉をもう一度ゆっくりと繰り返した。

「俺も、七年前からお前に抱かれたかったんだと思う」

「吉井」

俺の目の前で竜崎の頬がみるみるうちに紅潮し、黒い瞳が潤んでくる。

「今は？　俺に抱かれたいか？」

うっとりするほど美しい顔になった竜崎の甘い声が俺の耳朶を擽《くすぐ》るようにして響いた。

「……抱かれたい……が、時間がない」

これから署に戻らなければならない、と言う俺に、苦笑する竜崎の息が唇にかかった。

「時間はそう、取らせないよ」

「時間と言うか気持ちの問題なんだが……」

竜崎の手が俺のタイにかかり、手早く外し始める。その手を押さえた俺の手は、我ながら弱々しいものだった。

「気持ちのほうも、随分軟化しているようじゃないか」

すぐに気づいた竜崎が、にやり、と意地の悪い笑いを浮かべ、俺の手を振り払う。

「意地悪だな」

「昔は違ったのに？」

口を尖らせた俺に、軽いキスを落としたあと、竜崎は手早く俺のシャツのボタンを外し、続いてスラックスのベルトをも外していった。

「昔、ね」

スラックスを下ろされ、下肢を裸に剝かれたのに、俺は自分で身体を起こし、上着を脱いだあと装着していたホルスターを外し、シャツも自ら脱ぎ捨てた。

「拳銃持参か」

「ヤクザ相手に、手ぶらで来るほどの勇気はないよ」

竜崎が俺の服やら拳銃やらをまとめ、近くのソファへと運んでくれたあと、彼も手早く服を脱ぎ捨て全裸になって俺に覆いかぶさってきた。

「吉井」

竜崎が指先で俺の髪をかき上げながら、呟くような声で問いかけてくる。

「ん？」

「俺はもう、七年前の俺じゃない」

「………」

竜崎の手が俺の額から頬へと下りてきて、俺の顔を包んだ。どこか思いつめたような彼の目が、じっと俺を見下ろしている。

彼が何を逡巡しているのかは、俺にはわかるようでわからなかった。いや、わからないようでわかった、という表現のほうがぴったりくる。

七年前の彼も、今の彼も、彼であることに変わりはない——そんな当たり前のことがわからないような竜崎ではないだろうに、それでも躊躇《ためら》いを覚えている彼の背に、俺は両手を回した。

「お前が黒曜会の覚醒剤取引の現場に現れたときにさ」

「え？」

いきなり何を言い出したのかと、竜崎が戸惑いの声を上げる。

「まずあり得ないと思った。お前がヤクザと通じてることも、何より覚醒剤を扱ってるということも。俺がどれだけヤクザを、覚醒剤を憎んでいるか知っているお前が、そんなことに手を出すわけがないと、勝手にそんなことを考えていたよ」

「吉井……」

竜崎が泣き笑いのような顔になり、俺にそっと唇を寄せてくる。

「俺にとってはお前はやっぱり、お前なんだよな」

「………」

呟いた俺の唇を竜崎の熱い唇が塞ぐ。直前に「ありがとう」という言葉が聞こえた気がしたが、貪るような激しいキスが一瞬にして俺の思考を吹き飛ばした。

「ぁっ…」

竜崎の手が頬から胸へと下りてゆき、胸の突起を擦りあげる。ぞわ、とした刺激に身を捩ったときには彼の唇もまた首筋を下っていき、もう片方の乳首を強く吸い上げていた。

「やっ……あっ……あぁっ……」

指で、舌で、唇で、執拗なほど両胸を攻められる。あっという間に俺の息は上がり、肌がまるで発熱でもしているかのように熱くなっていた。

「あっ……はぁっ……あっ……あっ……」

胸の辺りにある竜崎の頭を抱き締め、彼の髪に指を絡める。愛《いと》しい——快楽に身を捩りながらも心に溢れてくるのは今、俺を組み敷いている彼への熱い想いだった。

俺に対してずっと友情以上の想いを抱いてくれていたという彼。七年間ずっと俺の動向を気にかけてくれていたという彼。

『七年前も今も、抱かずにはいられない存在だ』

熱い想いを、滾る欲情を胸の底にしまっていたという彼に、俺もまた七年前から友情以上の想いを、身を焼く欲情を抱いていたのかもしれない。

いや、抱いていたに違いない——。

竜崎の手が胸から腹へと滑り、俺の両脚を抱え上げる。じん、と熱を孕んでいるそこを両手で広げ、貪るように唇を寄せる彼の愛撫に、俺の身体はびくびくと震え、胸への刺激で既に勃ち上がっていた雄からはぽたぽたと先走りの液が零れ落ちていった。

「あっ……もうっ……もうっ……早く……っ……」

甘噛みするように軽く歯を立て、硬くした舌を奥のほうまで挿し入れ内壁を舐る。ぞくぞくとした刺激が背筋を駆け抜けていったが、今そこに欲しいのは舌や指ではなく、彼の逞《たくま》しい雄——先ほどから俺の視界を掠める、見事に勃起した雄だった。

もどかしさが羞恥の念を吹き飛ばし、腰が淫らにくねってゆく。我ながら物欲しげだと呆れるその動きは竜崎の欲情に火をつけたようで、すぐに彼は身体を起こすと俺の脚を抱え直し、露わにしたそこに俺が求めてやまないものを押し当ててきた。

「あっ……」

先端で入り口をなぞる動きに、先走りの液に濡れたその滑るような感触に、俺のそこはひくりと蠢き、食いついていくかのように激しく収縮し始めた。

「やっ……もうっ……」

その動きを面白がるように、竜崎が何度かそこをなぞる。だが俺が早く、と彼を睨むと、

「わかった」

と白い歯を見せて微笑み、ずぶり、と先端を挿入させてきた。

「あぁっ…」

同時にぐっと俺の脚を抱え上げたせいで、いきなり奥まで貫かれることになった俺の背が、シーツの上で大きく仰け反る。高く声を上げた途端に激しい律動が始まり、俺の声は更に大きく、切羽詰っていった。

「あっ……はぁっ……あっあっあっ」

嬌声としかいいようのない、甘いいやらしい声が、室内にこれでもかというほど響き渡る。激しい突き上げに俺は一気に絶頂へと導かれ、何も考えることができなくなった。

「あぁっ……っ……あっ……あっあっあっ」

奥深いところを抉られるたびに、閉じた瞼の中、火花が散った。喘ぎすぎて息苦しさすら覚えるほど、たまらない想いが身体を満たし、発散する場を求めて熱く滾り始める。

「あっ……やっ……あっ…あっ…あっ」

頭も身体もどこもかしこも熱くて、どうにかなってしまいそうだった。吐く息も、繋がっているところも、そして爆発しそうな雄も、本当に何もかもが熱い。

と、そのとき竜崎の手が俺の脚を離すと火傷しそうなほどに熱い俺の雄へと伸びてきて、一気にそれを扱き上げた。

「あぁっ……」

昂まりに昂まっていた俺はその刺激にすぐに達し、彼の手の中にこれでもかというほど精を飛ばしてしまった。

「くっ……」

同時に竜崎も達したようで、低く声を漏らしたあと俺の上で伸び上がるような姿勢になる。ずしりという彼の精液の重さを感じた俺の胸の中では、心臓が早鐘のように打ち続けていたけれど、なんともいえない温かな想いで満ちてゆくことも同時に俺は感じていた。

「……吉井……」

はあはあと息を乱しながら、竜崎が俺の名を呼ぶ。

「……竜崎……」

名を呼び返すと彼は、あの、目を細めて笑う、優しげな笑みを浮かべながらゆっくりと顔を近づけてきた。

やっぱりお前は変わっていない——そう言ってやりたいが、息が乱れて言葉が追いつかない。

「好きだ」

低く告げながら俺の唇を塞いでくる彼に、俺も、と答える代わりに俺は、両手両脚で汗がびっしょり浮いた彼の背を力一杯抱き締め、落とされる唇に自ら唇をぶつけていった。


斎藤俊介逮捕の報に、世間は大きく揺れた。大臣経験者でもある大物代議士がヤクザと通じて覚醒剤取引に手を染め巨額の富を得るという、ドラマのような展開は日々ニュースやワイドショー、それに週刊誌を騒がせ、黒曜会が斎藤を後ろ立てにいかに好き勝手なことをやっていたかが明らかになるにつれ、俺たち新宿署のマル暴の刑事たちもあと追い捜査に多忙を極めるようになった。

黒曜会は解散し、北川は新たに自分の組を興した。もともと跡目を継ぐつもりでいたのだが、今回の騒動を重く見た一次団体の長が黒曜会を取り潰し、北川に新たに組を興すよう要請してきたという話だった。

「これからはクスリなんぞに手を出さない、真っ当な組になりますよ」

北川は俺の巡回の時間を調べ上げ、わざわざ挨拶に来たのだった。

竜崎のマンションでの報復かと身構えた俺に、それだけ言うと北川は踵を返し去っていった。

その話を竜崎に伝えると、竜崎はもう北川とは連絡を取っていないと言い、俺を戸惑わせた。

「お互い目的は達したからな。表立って会うのはよそうという約束を取り付けたのさ」

確かに組長を嵌め、後釜に座ったと噂にでもなればまずいことにもなろう。なるほど、と頷いた俺の前で、竜崎がくすりと笑う。

「なんだよ」

「いや、北川がお前に縛られて、じたばたしているところを思い出した」

あれは笑えた、と明るく笑う彼はもう、あの新宿の豪華なマンションには住んでいない。斎藤代議士が――彼の父が逮捕されたあと、竜崎はホストクラブ『オンリー・ユー』を辞めた。

黒曜会の渡辺組長の愛人が殺されたことが尾を引いているようなのだが、事件の真相は彼女の浮気相手が竜崎一人ではなく、竜崎と手を切らされたあともホスト遊びが改まらないことで口論となった挙句に、殴られどころが悪くて亡くなったというものだった。

責任感の強い竜崎は、それでも彼女が殺された責任の一端は自分にあると思ったのかホストをやめ、今、法曹《ほうそう》の道へと進むべく、再び大学を受験することにしたという。

「弁護士になるのか?」

「どうかな」

竜崎は笑っていたが、多分彼が法曹を目指そうと思ったその動機のひとつに、実の父親の逮捕があるのではないかと俺は思っていた。

現行犯逮捕とはいえ、竜崎の父は今、素直に取り調べに応じているという。自分の息子に摘発されたことがショックだったのでは、というのは部外者である俺の勝手な想像ではあるが、そう外れてはいないと思う。

そんな父の面会に竜崎は何度か行ったそうだが、父親は竜崎に恨み言を言うでもなく、ごく穏やかにどうということのない話をするのだ、と語る竜崎はなんともいえない表情を浮かべていた。

彼の胸の中で、憎しみ以外の父親に対する想いが芽生えたのではないか、というのもまた、一部外者の勝手な想像なのだが、これもそう外してはいないと俺は思っている。

新たな人生を歩み始めた彼と俺は、ヒマを見つけては会って話をし、時に互いの部屋に泊まり合う仲である。

七年分の空白を埋めようと俺たちは頻繁に会い、話し、身体を重ねるのだけれど、会えば会うほど、抱き合えば抱き合うほど、自分がいかに竜崎を想っているかを俺は思い知らされるのだ。

七年前も今も、俺が求めるのは彼の腕であり、愛を囁く唇であり、優しく微笑む瞳であり――こうも人を欲することができるのかと呆れるほどに竜崎を求める自分に気づき、愕然とさせられる。

そんな本音をぽろりと漏らしてしまった俺に、竜崎は一瞬唖然としたあと、

「ホスト顔負けの口説き文句だ」

七年前とまるで同じ、優しげな顔で微笑みながらそう言い、自分の言葉に照れる俺の背を力強く抱き締めてくれたのだった。

あとがき

はじめまして&こんにちは。愁堂れなです。

このたびは三冊目のダリア文庫となりました『欲望の鎖に囚われて』をお手に取ってくださり、本当にどうもありがとうございました。

刑事、ホスト、ヤクザと、大好きな職業(ヤクザは職業じゃない気もしますが(笑))の男たちを、本当に楽しみながら書かせていただきました。

先輩に「美人」とからかわれる美貌の刑事、吉井の前に、突然姿を現したかつての親友竜崎。七年前、ぷつりと消息を絶った彼はてっきりエリート街道を邁進していると思っていたのに、新宿のナンバーワンホストになっていて……という再会ものに、ヤクザの若頭北川と竜崎の駆け引き、それに大がかりな覚醒剤取引が絡んでくるという、恒例の? 二時間サスペンス調ラブストーリィとなりました。

いつもよりアダルト&スリリングなお話を目指したこの本が、皆様に少しでも楽しんでいただけましたらこれほど嬉しいことはありません。

今回、息を呑むほどに美しい美人の吉井を、謎めいた雰囲気漂う、どこか影のある美貌のホスト竜崎を、そしてニヒルでかっこいい! ヤクザの北川を、本当に素敵に描いてくださいま

した如月弘鷹先生に、この場をお借りいたしまして心より御礼申し上げます。

担当様より、イラストは如月先生で、とご提案いただいたときはもう、夢を見ているのかと思いました！　キャララフをいただいてようやく、夢ではなかった……と実感、ラフのあまりの素敵さに大興奮してしまいました。ご一緒させていただけて本当に嬉しかったです!!　まさに夢のようなひとときを過ごさせていただきました。お忙しい中、超絶に美麗でかっこいいイラストを、本当にどうもありがとうございました。

また今回、担当のH様にも大変お世話になりました。いつもご多忙でいらっしゃるゆえ、ご体調を心配してしまいます。どうかお体には充分気をつけてくださいね。今後ともどうぞよろしくお願い申し上げます。

最後に何よりこの本をお手にとってくださいました皆様に、心より御礼申し上げます。

美貌の刑事があれこれと悩むさまを、そんな彼が『姫』と呼ばれる美貌のホストにあれこれといたぶられるさまを、とても楽しみながら（鬼）書かせていただきましたが、いかがでしたでしょうか。楽しんでいただけているといいなあとお祈りしています。

お読みになられたご感想を編集部宛にお送りいただけると本当に嬉しいです。何卒よろしくお願い申し上げます。

毎年同じことを言っているような気もするのですが（汗）、今年もあっという間に時間が過ぎ、早くも四月になろうとしています。これからも皆様に少しでも楽しんでいただける作品を目指し頑張って書いていきたいと思っていますので、不束者ではありますが、どうぞよろしくお願い申し上げます。
また皆様にお目にかかれますことを、切にお祈りしています。

平成十九年三月吉日

愁堂れな

*公式サイト『シャインズ』http://www.r-shuhdoh.com/
*ブログ『Renàs Diary』(携帯からも閲覧いただけます) http://shuhdoh.blog69.fc2.com/
*携帯用メルマガを始めました。ご興味ある方は　r38664@egg.st　に空メールをお送りください。
折り返し購読お申し込みメールが届きますのでご登録くださいませ。

◎お疲れさまでした!

愁堂先生、そして読んで下さった皆様、
ありがとうございました!
先生の書かれるすてきな竜崎や吉井の
魅力が少しでもお伝え出来たかどうか
不安でありますが、楽しんでいただけ
ましたら幸いです。

個人的には
意外に仁義者な
北川が気になる
ところであります…。

愁堂れな
illustration
麻生 海
『虫が好かない』はずなのに
気になって仕方がない
すべてはお好みのままに
父が脳卒中で倒れ、突然社長代行をすることになった三宮優。しかし、サポートとしてつけられた秘書の東郷礼一は、優秀だがやたらとカンに障る男だった。しかも、優の欲求不満の解消と称して触れてくる東郷に、優は翻弄されてしまい…。

ダリア文庫をお買い上げいただきましてありがとうございます。
この本を読んでのご意見・ご感想・ファンレターをお待ちしております。

〈あて先〉
〒173-0021　東京都板橋区弥生町78-3
(株)フロンティアワークス　ダリア編集部
感想係、または「愁堂れな先生」「如月弘鷹先生」係

❋初出一覧❋
欲望の鎖に囚われて………書き下ろし

欲望の鎖に囚われて

2007年4月20日　第一刷発行

著者　愁堂れな

発行者　藤井春彦

発行所　株式会社フロンティアワークス
〒173-0021　東京都板橋区弥生町78-3
営業　TEL 03-3972-0346　FAX 03-3972-0344
編集　TEL 03-3972-0333

印刷所　大日本印刷株式会社